Märchen und mehr

Weisheiten für Freunde der Fantasie

von **Sabine Zercher**

FSC
www.fsc.org
MIX
Papier aus ver-
antwortungsvollen
Quellen
Paper from
responsible sources
FSC® C105338

Impressum

Märchen und mehr

Weisheiten für Freunde der Fantasie

von Sabine Zercher

Herausgeben: Hans-Jürgen Sträter

Herstellung und Verlag: BoD - Books on Demand, Norderstedt

ISBN: 9783746055411

Ausgabe vom 15. 03. 2023

Zeichnungen: Sabine Zercher

Titelbild: „Sommernachtstraum III" von Arthur Elser, Heilbronn

Inhalt

3

Wie die Geschichten in das Buch gerieten

Geschichten – man muss sie nicht erfinden. Sie sind überall, manchmal versteckt im Verborgenen, manchmal tauchen sie ganz unerwartet aus dem Nichts direkt vor dir auf.

So jedenfalls habe ich es selbst erfahren und begann, all diese Geschichten aufzuschreiben.

Es gibt sie in vielen Situationen – im Alltag, beim Fahren in der Straßenbahn, beim Treffen mit anderen, bei erfreulichen oder ärgerlichen Begebenheiten oder auch nur, weil wieder einmal schlechtes Wetter ist.

Dann sind sie plötzlich da: fremde Wesen, unbekannte Gegenden, unvermutete Begebenheiten.

Und obwohl wir Menschen ziemlich genau über unsere Welt Bescheid wissen und darüber, wie es in ihr zugeht, könnte manches doch auch ganz anders gewesen sein...

Vom Märchenerzählen

Es ist schon sehr lange her, da wurden an den Höfen der Könige und Königinnen noch Märchen erzählt, und wenn ein Märchenerzähler gestorben oder fort gegangen war, suchte man nach einem Nachfolger. Dann pfiffen es die Spatzen von den Dächern, die Eulen krächzten es in der Nacht, Enten und Schwäne schnatterten es auf dem Wasser. Überall war zu hören, dass ein neuer Märchenerzähler gesucht wurde. Einmal wurde sogar ein Wettbewerb ausgerufen. Jeder, der ein Märchen habe, könne es bei Hofe vortragen, und der Beste würde königlicher Erzähler werden. In vielen Häusern ging das Schreiben und Üben los. Jeder wollte das schönste Märchen erzählen können. Die Botschaft über den Wettbewerb gelangte auch in die abgelegenen Gegenden des Landes, sogar zu einer Riesin, die weitab in den Bergen lebte. Sie hatte sich dorthin zurückgezogen, weil sie einfach zu groß geraten war. Kein Haus bot Platz für sie. Ständig musste sie darauf achten, nichts und niemanden zu zertreten. Es war ihr erst sehr schwer gefallen, von den Menschen fort zu gehen, aber dann hatte sie das unbeschwerte Leben lieb gewonnen. Sie baute sich ein großes Haus inmitten von Bäumen und Felsen. Unter den Tieren hatte sie Freunde gewonnen. Da gab es einen Bären, der sich ihr angeschlossen hatte, und einen Raben. In ihrer Einsamkeit hatte sie begonnen, Märchen zu schreiben, die sie sich und den Tieren vorlas. Als der Rabe die Botschaft des Königs vernahm, flog er aufgeregt zur Riesin zurück: „Hör zu", krächzte er, „am Königshof suchen sie eine Märchenerzählerin. Endlich kannst du den Menschen etwas von dir vorlesen, und wer weiß, vielleicht lebst du bald im Schloss!"

Aber die Riesin dachte an ihre Größe und sagte nur: „Lieber Rabe, ich kann nicht zu den Menschen zurück; ich bin doch viel zu riesig. Am Ende lachen sie mich aus, und ich komme nicht mal zum Vorlesen."

So geduldig der Rabe auf sie einredete, die Riesin war nicht davon abzubringen, dass sie nicht am Wettbewerb teilnehmen könnte.

Aber der Vogel mochte sie viel zu sehr, um aufzugeben. Er bot an, selbst mit dem schönsten Märchen zum Schloss zu fliegen, damit es vorgelesen würde. Die Riesin war endlich einverstanden und schrieb ihr Märchen nochmals so schön wie nur möglich und gab es dem Raben in den Schnabel. Dieser flog stolz und glücklich davon.

In einem anderen Teil des Landes lebte zur gleichen Zeit eine Zwergin, die auch von dem mühsamen Stadtleben geflohen war. Es war ihr zu anstrengend geworden, ständig auf der Hut zu sein, nicht unter Füße oder Räder zu geraten, da sie so klein war. Zwar gab es alles in Hülle und Fülle für ein so winziges Wesen, aber das Leben war eine Strapaze.

Also hatte auch sie sich mit manchem Getier hierher zurückgezogen. Und auch hier hatte eines die Botschaft des Königs vernommen und berichtete der Zwergin vom Treiben im Land. Aber auch sie wollte sich nicht auf den Weg zurück zu den Menschen machen. Die Tiere aber bestürmten sie, weil es für sie nichts Schöneres gab, als den Märchen der Frau zu lauschen. Eine Eule war es dann, die für die Zwergin zum Schloss fliegen wollte.

Vor der Eule hatte sie sich stets etwas gefürchtet. Die war streng und so klug, dass es schwer auszuhalten war.

Am Königshof war der Wettbewerb inzwischen in vollem Gange. Das Herrscherpaar und sein Gefolge staunten und freuten sich über die Vielfalt und Schönheit der Märchen. Nie hätten sie gedacht, dass ihr Volk über einen solchen Reichtum dieser Kunst verfügte. Sie lauschten schon eine ganze Weile und wurden nicht müde. Bald trafen auch der Rabe und die Eule mit den Märchen in ihren Schnäbeln ein. Die Leute fragten sich, warum die Schreiberinnen nicht selbst erschienen waren. Der König ordnete aber einfach an, dass auch diese Märchen vorgelesen werden sollten. Er las sie sogar selbst vor, und sie waren so schön, dass es lange ganz still war. Dann sagte er, diese beiden hätten den Wettbewerb zusammen gewonnen. Rabe und Eule sollten die beiden Unbekannten zu ihm schicken, sie seien ihm willkommen. Er müsse nun eine Weile regieren, aber in einem Monat würde er sie gerne empfangen.

Die beiden Vögel hatten sich zwischendurch neugierig angesehen, und als sie wieder allein waren, fragten sie sich gegenseitig, woher sie kämen.

Nachdem sie sich von der Riesin und der Zwergin erzählt hatten, versprach die Eule, mit der Zwergin zu ihnen zu fliegen, damit sie einander kennen lernen. Dann kehrten beide heim und erzählten dort, was sich ereignet hatte. Riesin und Zwergin staunten nicht schlecht über die Einladung des Königs. Schon wenige Tage später flogen Eule und Zwergin in die Berge. Für die zwei Frauen war es erst einmal nicht leicht, so unterschiedlich sie waren, aber bald mochten sie sich sehr.

Die Wochen vergingen und bald wurde das Land von großen Unruhen erschüttert. Am Königshof dachte bald niemand mehr an die vielen schönen Märchen und an die Riesin und die Zwergin. Eule und Rabe erfuhren auf ihren Flügen, dass Angst und Schrecken in ihrer Heimat herrschten; also blieben sie alle zusammen in den Bergen. Vielleicht sitzen sie dort noch immer und schreiben ihre Märchen und hören sich gegenseitig zu. Und sollte sich ein Mensch in diese einsame Gegend verirren oder dort Ruhe vor dem lauten Stadtleben suchen, kann er sich verzaubern lassen, von dem, was ihm erzählt wird.

Der Auftrag des Königs

In den Tiefen eines riesigen, dunklen Waldes lag ein großer See, in dem ein König sein Reich regierte. Er tat dies schon lange, aber erst seit kurzer Zeit hatte er bemerkt, dass sein Volk unzufrieden war. Er rief seinen Hofrat zu sich und fragte, was es denn gäbe in seinem Reich, dass die Leute zu murren begonnen hätten. Ein Mitglied des Hofrates wusste auch gleich eine Antwort und sprach: "Herr König, wenn es sich nun nicht mehr vor Euch verbergen lässt, müssen wir Euch wohl sagen, was in diesem Reich vor sich geht. Es wird dem Volk zu eng hier im See. Die Nahrung ist reichlich und nahrhaft, so dass die Bürger länger leben; der Platz aber wird immer knapper. Der See scheint nicht zu wachsen."

Der König hatte aufmerksam zugehört und versprach, nach einer Lösung zu suchen. Er schritt in seinem Schloss auf und ab und überlegte. Wenn er vielleicht ein wenig von seinem großen Schloss abgeben würde? Aber nein, das war unmöglich. Es schickte sich nicht für einen König, das Volk in sein Schloss einzulassen; außerdem brauchte er Platz zum Denken und zum Regieren.

Und wenn er einfach anwies, einen Teil des Volkes umbringen zu lassen? Dann gäbe es weniger Menschen. Aber wie sollte er eine Auswahl treffen? Hatte nicht jeder ein Recht auf sein Leben in diesem See? Er verwarf also auch diesen Gedanken wieder. Er grübelte und grübelte, und endlich hatte er eine Lösung, die ihm machbar erschien.

Er ließ alle Baumeister zu sich kommen und sprach zu ihnen: "Ich habe einen großen Auftrag für euch. In unserem Reich soll mehr Platz geschaffen werden. Lasst alles andere stehen und liegen und grabt, so viel ihr könnt. Mein Volk soll wieder gerne in seinem Land leben."

Die Baumeister und ihre Helfer zogen also an den rechten Rand und an den linken, ans vordere und ans hintere Ende des Sees und gruben. Große Gänge und Grüften entstanden, und die Menschen freuten sich. Aber leider war die Freude nur von kurzer Dauer, denn wo sollte all die Erde hin, die so

11

eifrig aus den Gängen geschaufelt wurde? Sie sammelte sich davor an, und der Platz wurde auch jetzt nicht mehr.

Große Enttäuschung wurde im Volk laut, und dem König war es fast ein wenig peinlich, dass er diesen Einfall gehabt hatte. Wieder begann er zu grübeln, sein Bart blieb unrasiert und es sammelten sich die ersten Algen in ihm an, da er sich nicht mehr um sein Äußeres kümmerte. Aber dann, nach Tagen, hatte er einen großartigen Einfall. Wieder rief er seinen Rat um sich herum und sprach, durch die Strapazen der letzten Zeit sichtbar gealtert, zu ihm: "Nun ist die Erlösung meines Volkes nicht mehr weit. Wir haben gesehen, dass es hier unten, auf dem Grund unseres Sees, keine Möglichkeiten gibt, mehr Platz zu schaffen. Also sollen sich die mutigsten Männer melden und ganz nach oben an jenes Ende des Sees steigen, das wir noch nie erblickt haben. Vielleicht ist es dort möglich, unser Land größer zu machen."

Gleich am nächsten Tag zogen die Boten des Königs durch den See und riefen alle tapferen Männer dazu auf, sich zu einer Versammlung am Königshof einzufinden. Viele kamen zu der ausgerufenen Zeit, sei es aus Neugier oder sei es wegen des Wunsches, wirklich einen mutigen Dienst für den König zu tun. Nachdem der Herrscher sein Volk begrüßt hatte, sprach er: "Wie ihr sicher alle wisst, will ich schon seit einer ganzen Weile der Enge in unserem Land ein Ende bereiten, aber leider hatte ich noch nicht die rechte Lösung gefunden. Nun habe ich euch rufen lassen, um die Mutigsten unter euch in ein großes Wagnis zu schicken. Wer bereit ist, an das obere Ende unseres Sees zu steigen, um zu schauen, ob es vielleicht dort mehr Platz für mein Volk gibt, der soll sich bei mir melden. Er wird mit allem ausgestattet, was ihm helfen könnte, und überdies noch reich belohnt."

Betreten stand das Volk vor dem Königsthron. Das war wirklich der größte und gefährlichste Auftrag, von dem sie je gehört hatten. Viele waren schon den ganzen See abgegangen, waren an den rechten Rand gelangt und an den linken, ans vordere Ende und ans hintere; aber nach oben, ins Nichts, hatte sich noch niemand gewagt. Aber nun saß vor ihnen der König und wartete auf jene, die sich in dieses Abenteuer wagen würden. Schließlich traten die drei Söhne des Höchsten Rates des Königs vor und sprachen:

"Ehrwürden, wir wollen gemeinsam diesen großen Dienst für Euch tun. Lass uns drei Tage Zeit, uns vorzubereiten, dann werden wir aufbrechen." Der Höchste Rat des Königs aber rief, er wolle nicht, dass er vielleicht alle drei Söhne auf einmal verlöre, da ja niemand den Ausgang ihrer Reise kenne, und versuchte, sie abzuhalten. Aber für die drei Brüder stand fest, dass sie den Auftrag des Königs ausführen wollten. Er solle ihnen jedoch sagen, was die Belohnung sei, die sie bekämen, wenn sie Erfolg bei ihrer Suche nach neuem Land haben würden. Der König antwortete ihnen, da er selbst keine Erben habe, sollten sie zu gleichen Teilen sein Reich erhalten, wenn sie wiederkämen. Er fühle sich allmählich zu alt zum Regieren und wolle sich bald zur Ruhe setzen.

Die drei Brüder waren einverstanden. Sie gingen davon, um in drei Tagen und Nächten ihre Vorbereitungen zu treffen. Dann verabschiedeten sie sich von ihrem Vater, der sich noch immer nicht über den großen Mut seiner Söhne freuen mochte, und traten nochmals vor den König. Der älteste der drei sprach zu ihm: "Ehrwürden, nun sind wir bereit. In drei Tagen und drei Nächten haben wir unsere Vorbereitungen getroffen, und sogleich werden wir aufbrechen." Der König war zufrieden, gab den Männern seinen Segen und ließ sie ziehen.

Die Brüder wanderten zu der Stelle am Rand des Wassers, an dem sie mit dem Aufstieg beginnen wollten. Viel Volk begleitete sie, um dem Aufbruch der Abenteurer zuzuschauen. Staunend standen die Menschen da und bewunderten den Mut der Jungen, die sich mühsam Schritt über Schritt in die Höhe kämpften. Bald aber waren sie aus der Sicht der Leute verschwunden.

Die Brüder kletterten viele Tage und Nächte, und nur manchmal wagten sie auszuruhen, wenn die steile Wand ein sicheres Plätzchen zu bieten hatte.

Irgendwann aber wurde das Wasser über ihnen lichter, und sie merkten, dass sie bald am ersten Ziel ihrer Reise, am oberen Ende des Sees, sein würden. Und da öffnete sich das Wasser über ihnen, und spuckend und keuchend fanden sie sich über dem Wasser wieder. Kaum wagten sie zu atmen, so erschraken sie über das Nichts, das sich über dem See auszubreiten schien. Zum Glück war es gerade Nacht, so dass sie nicht auch noch vom grellen Sonnenlicht des Tages bedroht wurden. Die Helligkeit des nächsten Morgens sollte ihnen nämlich einen ähnlichen Schrecken einjagen wie gerade die Luft um sie herum. Bald aber wurde ihnen das Atmen leichter, und sie stiegen endlich aus dem See heraus.

Wie war das alles ungewohnt. Kein Wasser hielt sie aufrecht, und sie taumelten hilflos umher, bis sie sich endlich wieder auf den Beinen halten konnten. Dann legten sie sich am Ufer nieder und schliefen ein.

Als die Sonne am nächsten Tag allzu hell und warm zu scheinen begann, war es mit dem Schlaf jedoch vorbei. Erschöpft und krank fühlten sich die drei, nachdem sie wieder erwacht waren und merkten, dass sie ganz trocken wurden und das helle Licht ihnen in den Augen brannte. Hunger hatten sie außerdem, und was sollten sie in dieser seltsamen neuen Welt essen, ohne fürchten zu müssen, daran zu sterben?

Ziemlich entmutigt saßen sie da, als der älteste der Brüder zu sprechen begann: "Ich glaube, ich will zurück in meine Heimat. Es sieht wohl so aus, als sei hier oben viel Platz, aber mir ist es zu trocken und zu hell, und vergiften möchte ich mich auch nicht. Wenn ich zum König gehe, werde ich ihm sagen, dass es nicht lohnt, an dieses Ende des Sees zu gehen."

Seine beiden Brüder erschraken, dass der ältere schon aufgeben wollte, aber er war nicht mehr von seinen Heimkehrplänen abzubringen. Also nahmen sie Abschied, und bald war er in der Dunkelheit des Sees verschwunden.

Die beiden anderen aber beratschlagten, wie es weitergehen sollte. Vielleicht würden sie Wege finden, hier oben zu überleben? Und mit etwas

Glück könnten sie irgendwann in den See hinabsteigen, um ihrem Volk den Weg in ein neues Land zu weisen? Sie begannen, immer weiter in die Fremde einzudringen, sahen sich alles ganz genau an, kosteten die Früchte dieses Landes, gewöhnten sich allmählich an die Trockenheit und an das Licht und lernten den vielen Platz zu schätzen, den sie hatten. Aber sie dachten auch an ihren Auftrag und an die Belohnung, die ihnen der König versprochen hatte.

Und da ihr ältester Bruder aufgegeben hatte, würde ihnen das Reich je zur Hälfte gehören, wenn sie zurückkehrten.

Der Jüngste aber sprach eines Abends zu seinem Bruder: "Höre, ich will nicht mehr zurück. Es graut mir davor; wenn alles um mich herum wieder nass und dunkel ist, es nur Algen und Fisch als Nahrung gibt. Kehre du doch heim; du kannst das Königreich für dich alleine haben."

Der andere aber ärgerte sich darüber, denn er hatte den gleichen Wunsch, da er sich in dem neuen Land ebenfalls immer wohler fühlte.

Er aber hatte nicht den Mut gehabt, es sich und seinem Bruder einzugestehen. Es machte ihn aber auch wütend, dass sein Bruder dem König nicht die Treue halten wollte und nur noch an sein eigenes Wohl dachte. Sie gerieten in Streit, bis der Ältere endlich nachgab und den Weg zurück in den See einschlug.

Seine Rückkehr aber sollte sein Unglück sein, denn er hatte schon viel zu lange an Land gelebt, um noch ein Wasserwesen zu sein. Kaum war er in den See eingetaucht, verlor er in der nassen und glatten Welt den Halt und stürzte in die Tiefe. Immer weiter fiel er, bis er auf dem Grund des Sees aufschlug. Da aber war er tot.

Als man ihn fand, war das Erschrecken groß. Der Plan des Königs schien auch diesmal keinen Erfolg zu haben. Ein Jüngling war gleich zu Beginn des Abenteuers heimgekehrt, ein zweiter musste sein Leben lassen. Die Hoffnung, dass wenigstens der dritte gesund und mit guten Nachrichten heimkäme, schwand dahin. Der Vater der Brüder war untröstlich, obwohl er ja wenigstens den ältesten seiner Söhne wieder bei sich hatte. Aber was sollte er für eine Meinung von jenem haben, der so bald aufgegeben und überdies seine Brüder im Stich gelassen hatte? Trotzdem übergab der König ihm seine Regierungsgeschäfte. Er wollte sich endlich zur Ruhe setzen, und einen anderen Nachfolger gab es nicht.

Das Volk rückte enger zusammen, um das Leben auf dem Grund des Sees so gut wie möglich zu meistern. Der jüngste Sohn des Höchsten Rates wurde als tot angesehen und geriet bei den meisten bald in Vergessenheit. Dieser kehrte noch eine ganze Weile immer wieder zurück zum See und hielt danach Ausschau, ob sein Bruder oder ein anderer Bewohner des Wassers herauskommen und ihm berichten würde, wie es um den König stünde und ob sein Volk vielleicht bald für immer aus dem See steigen würde.

Er sah aber niemals jemanden, und bald gab er das Warten auf. Sein neues Leben war ihm auch viel zu wichtig geworden, als dass er sich noch länger mit der Vergangenheit beschweren wollte. Daher entging es ihm, dass manchmal wirklich ein Bürger des Königreiches leise im Schutz der nächtlichen Finsternis aufbrach und sich an den Aufstieg in das fremde Land am oberen Ende des Sees wagte.

Einige von ihnen glaubten nämlich fest daran, dass es dem jüngsten der Brüder gelungen war, den Weg in ein neues Leben zu finden, und sie wollten es ihm gleichtun.

Niemals aber kehrte einer von ihnen wieder heim, so dass die Bürger, die auf dem Grund ihres Sees zurückblieben, nie erfuhren, dass es nicht den Tod bedeuten musste, aus dem Wasser heraus zu steigen.

Und der alte König wusste bis zu seinem Lebensende nicht, dass sein letzter Auftrag klug gewesen war.

Die Völker Tu und Lass

Es lebte einmal eine Frau im Volke Tu, die war gerade dem Kindesalter entwachsen und sollte bald verheiratet werden. Mit diesem Gedanken konnte sich die Frau jedoch gar nicht anfreunden, denn sie fühlte sich schon längere Zeit nicht mehr wohl in ihrer Heimat.

Sie wollte auswandern und anderswo ein neues Leben zu beginnen. Eines Morgens hatte sie alles bereit und brach auf.

Um sie herum waren alle sehr geschäftig, so dass niemandem auffiel, was sie vorhatte, und auch niemand danach fragte.

Die Frau wusste, wo ungefähr die Grenzen des Landes waren und dass dahinter Niemandsland anfing. Mehr wusste sie nicht, aber warum sollte sie nicht einfach Niemandsland durchqueren und sehen, was danach kam? Das tat sie auch, und bald hatte sie ihre Heimat hinter sich gelassen.

Es war erschreckend einsam und ruhig in Niemandsland, und so war sie froh, als sie nach längerer Zeit eine fremde Frau unter einem Baum liegen und schlafen sah. Sie ging auf sie zu, setzte sich und wartete, dass die andere erwachen würde. Es dauerte sehr lange, bis diese endlich die Augen aufschlug und verwundert sah, dass sie nicht mehr alleine war.

"Guten Tag", sagte die Frau aus dem Lande Tu, "ich wollte dich nicht erschrecken, aber ich war froh, dass ich nach langer, einsamer Wanderschaft auf einen Menschen getroffen bin. Nenne mich Tu, denn ich komme aus dem Volke Tu."

Die andere hatte ruhig zugehört und antwortete dann: "Nein, du hast mich nicht erschreckt, und es ist schön, dass es hier noch andere Menschen gibt. Ich komme aus dem Volke Lass, also nenne mich Lass."

Tu lachte über den seltsamen Namen und fragte, was Lass denn in Niemandsland suche.

Also erzählte Lass ihre Geschichte: "In meinem Volk geht es sehr bedächtig zu. Nichts wird übereilt, vieles von heute auf morgen verschoben; und oft passierte in letzter Zeit so wenig, dass ich mich ganz krank vor Langeweile fühlte. Und nun soll ich bald heiraten und kann mir ein Leben mit einem Mann aus unserem Volk einfach nicht vorstellen."

Tu hatte erstaunt zugehört. In ihrem Land ging es ganz anders zu. Die Leute arbeiteten von früh bis spät, und wenn sie nicht schufteten, planten und organisierten sie und ruhten nur, um neue Kräfte zu sammeln. Sie erzählte das alles Lass und auch, dass sie fort gegangen war, um nicht einen Mann aus ihrem Volk heiraten zu müssen.

Lass war voller Bewunderung über die Erzählung von Tu und meinte, das höre sich herrlich an, ein Leben in einem Land, in dem immer etwas los sei.

Also schlug Tu vor, dass sie doch einfach tauschen sollten. Jede von ihnen würde in das Land der anderen wandern und sehen, ob ihr das Leben dort besser gefiele. Lass war einverstanden und zeigte Tu den Weg nach Lass. Sie sprach "Es ist für unsereins ein weiter Weg, aber ich glaube, dir wird die Reise nicht allzu lang."

Tu wies ihr dann auch die Richtung und meinte nur. "Du wirst es schon schaffen."

Dann rüstete sie sich zum Weiterwandern, Lass aber blieb noch unter ihrem Baum sitzen und sprach: "Du hast es eilig, sehe ich. Ich hingegen bleibe noch ein wenig und mache mich später auf den Weg. Mache es gut. Vielleicht treffen wir uns einmal wieder, und sei es unter diesem Baum hier. Sie grüßten beide, und Tu wandte sich in die Richtung, in der das Land des Volkes Lass lag.

Eine Grenze schien es nicht zu geben, da sie fast unmerklich aus Niemandsland nach Lass gelangte. Sie spürte nur, dass die Luft sich veränderte, und bald darauf entdeckte sie die ersten Häuser des Volkes Lass. Erstaunt schaute sie sich um. Überall sah sie Bauten und Plätze, die

18

zur Hälfte fertig waren, aber bereits wieder zu zerfallen drohten. Und die Menschen, auf die sie etwas später stieß, bewegten sich mit einer Langsamkeit, dass es in den Gliedern der Frau zu kribbeln und zu toben begann.

Dann merkte sie, dass sie beobachtet wurde, und kurz darauf kam ein Lasser auf sie zu und fragte: "Brauchst du Hilfe? Du wirkst so unruhig; bist du vielleicht krank?"

Tu nahm sich zusammen und antwortete: "Nein, entschuldige bitte, mir geht es gut. Ich bin nur gerade erst angekommen, und mir ist alles fremd hier. Ich stamme aus dem Volke Tu und will sehen, ob ich vielleicht lieber hier leben möchte."

Der andere erschrak über die Herkunft von Tu und erwiderte, "Dann musst du unseren Bürgermeister fragen, ob du bei uns bleiben kannst. Er muss das entscheiden, denn das Volk Tu ist uns nicht geheuer."

Tu fragte, wo denn der Bürgermeister zu finden sei, und erfuhr, dass er von Zeit zu Zeit ins Rathaus käme, um ein wenig zu arbeiten. Sie müsse sich nur auf die Rathaustreppe setzen und warten.

Die junge Frau hatte längst gemerkt, dass sie auf die größte Geduldsprobe ihres Lebens gestellt werden würde, bliebe sie hier. Am liebsten wäre sie sofort weiter gezogen, so sehr plagte sie die Langsamkeit schon jetzt, mit der in diesem Land gesprochen und gehandelt wurde. Die Unterredung mit dem Lasser Bürger schien ewig zu dauern, da er jedes Wort, das er sprach, erst erwog und durchdachte, bevor er es aussprach.

Tu wollte nicht unhöflich sein, dennoch verabschiedete sie sich so schnell wie möglich und begann einen langen Gang durch die Umgebung. Auch suchte sie sich eine Unterkunft, und am nächsten Morgen setzte sie sich auf die Rathaustreppe. Aber an diesem und auch am nächsten Tag wartete sie vergeblich auf den Bürgermeister. Am dritten Tag erschien er endlich, und Tu bat um ein Gespräch. Der Bürgermeister ließ sie auch tatsächlich in sein

Amtszimmer und fragte nach ihrem Anliegen. Als Tu ihm erzählt hatte, woher sie kam und was sie vorhatte, rang er zuerst die Hände. Dann aber schaute er listig zu seiner Besucherin und sagte: "Vielleicht ist ein bisschen mehr Tu gar nicht schlecht in diesem Volk. Früher waren die Lasser noch tätig; sie bauten ihre Häuser fertig, und das Brot lag immer zur gleichen Stunde bereit. Mit den Jahren ist es immer schlimmer geworden, und nichts wird getan, was nicht unbedingt erledigt werden muss."

"Aber wo soll man hier beginnen", fragte Tu. "Mir scheint, das ganze Volk müsste gerüttelt und geschüttelt werden, damit es wieder munter wird."

Der Bürgermeister meinte nur, er werde nachdenken und sie holen, wenn ihm etwas eingefallen sei.

Tu war froh, dass der Bürgermeister ein offenes Ohr gehabt hatte, denn sie fühlte sich schon ein wenig wohler in Lass, wenn sie nur darüber hinwegsah, was um sie herum geschah oder eben nicht geschah.

Vom Bürgermeister hörte sie lange nichts, also suchte sie sich eine Arbeit, als ihr das Geld ausging. Aber nirgendwo hielt sie es lange aus; und überall störte sie die Ruhe der anderen und wurde gebeten, sich woanders eine Anstellung zu suchen. Eines Tages war ihre Geduld erschöpft, und sie ging wieder zum Rathaus. Diesmal wartete sie nur zwei Tage, bis der Stadtherr kam. Er war recht erstaunt, sie so schnell wieder zu sehen. Tu aber platzte heraus, dass sie zwar auch nicht wisse, wie man das Volk Lass aus seinem Schlaf erwecken könne, doch wolle sie nicht mehr länger warten, bis etwas geschähe. "Ein wenig schade finde ich das schon", sagte sie dann, "aber wenn Euch nichts eingefallen ist, werde ich doch lieber wieder heimkehren. Ich möchte mich also von Euch verabschieden."

"Alles zu seiner Zeit", erwiderte der Bürgermeister. "Große Veränderungen müssen reifen; ich will meinem armen Volk nicht von heute auf morgen ein anderes Leben aufzwingen. Vielleicht ist es wirklich das Beste für dich, für eine Weile nach Tu zurückzukehren und später wiederzukommen, wenn es dir dort noch immer nicht gefällt."

Das klang vernünftig, also sagte Tu Lebewohl und reiste bald darauf ab. Auf ihrem Weg durch Niemandsland aber wuchs die Angst, dass sie nun nirgendwo mehr zu Hause sein würde. Nicht in Tu, wo es ihr zu unruhig zuging, und nicht in Lass, wo sie die Langsamkeit plagte. In Niemandsland aber konnte sie auch nicht bleiben.

Über all ihre Erlebnisse und Gedanken hatte sie Lass ganz vergessen, und sie war erstaunt, als sie diese unter dem gleichen Baum liegen sah wie bei ihrer ersten Begegnung. Vielleicht hatte sie sich noch gar nicht von diesem Flecken fortbewegt?

Tu ging zu der anderen Frau, setzte sich und wartete wieder, bis diese die Augen aufschlug. Als Lass erwachte, freute sie sich, Tu zu sehen und fragte, wie es ihr ergangen sei. Tu erzählte es ihr und wollte dann auch von Lass erfahren, was sie erlebt hatte.

Lass berichtete ihr, dass sie wirklich nach Tu gelangt sei, es aber dort nicht allzu lange ausgehalten habe. "Ich wurde als Gast aufgenommen und gut behandelt, aber ständig wollte mir jemand etwas zeigen oder etwas mit mir unternehmen", sagte sie dann. "Laufend bot man mir eine Arbeit an, die ich tun könnte, und abends fiel ich wie eine Tote in mein Bett."

Plötzlich begannen beide zu lachen über die Schauergeschichten der anderen, und sie merkten, dass sie keine rechte Lust mehr hatten, in ihre frühere Heimat zurückzukehren. Sie wollten gemeinsam in ein neues Land gehen. Das Volk Lass ließen sie rechts, das Volk Tu links von sich liegen und marschierten in eine andere Richtung. Ein wenig hatte Tu beim Volk Lass gelernt, und Lass hatte etwas aus dem Volk Tu mitgenommen, so dass sie zusammenbleiben konnten. Vielleicht haben sie am Ende sogar ein Land gefunden, in dem es genügend Tu und Lass für jede von ihnen gab, um glücklich zu werden.

Das Reich der Mitte

Der König vom Reich der Mitte saß auf einem Stein und dachte nach. Etwas anderes blieb ihm auch gar nicht übrig, denn er war zwar König, aber er hatte kein Volk mehr, das er regieren konnte. Alle Menschen, die einst hier gelebt hatten, schienen gestorben oder fort gegangen zu sein; und er glaubte, der einzige im ganzen Land zu sein. Zum Nachdenken hatte er daher sehr viel Zeit. Manchmal aber plagte ihn die Langeweile, oder es schüttelte ihn die Wut über sein Dasein. Das Reich, über das er herrschte, war einzigartig schön, und wer darin leben konnte, war ein zufriedener Mensch. Aber genau das war das Problem: Die Menschen hatten gar kein Verlangen mehr nach einem Leben, in dem sie von den Irrungen und Wirrungen des Daseins zwar nicht verschont blieben, aber auch immer wieder zur Mitte zurückfinden und selbst über sich bestimmen konnten. Viele waren daher fort gegangen, um ins Land des Chaos, ins Reich der Unruhe oder auch in die Berge der Vollkommenen Stille zu gehen. Dort würden sie sich nicht mehr entscheiden müssen, wie sie leben wollten, denn die Herrscher und Völker in diesen Reichen taten dies streng nach dem einen Gesetz, das ihrem Land den Namen gab.

Was aber sollte mit dem Reich der Mitte geschehen, und was wäre, wenn bald wirklich keine Menschenseele mehr hier leben würde? Vielleicht, so grübelte der König, sollte ich auch einfach woandershin gehen, am besten in die Berge der Vollkommenen Stille, denn sehr viel anders wird es dort nicht sein als hier, und ich wäre nicht mehr so allein.

Bald stand sein Entschluss fest, auszuwandern. Bevor er sich auf die Reise machte, schritt der König nochmals die Grenzen seines Reiches ab, und überall, wo ein Weg in das Land führte, stellte er ein Schild auf, worauf stand: Hier geht es ins Reich der Mitte.

Dann packte er zusammen, was er mitnehmen wollte, und wandte sich den Bergen zu. Es tat gut, die schreckliche Einsamkeit hinter sich zu lassen, denn auf seiner Reise traf er wieder auf Menschen. Er durchquerte das

Land des Chaos und das Reich der Unruhe und wunderte sich, wie die Menschen es dort aushielten. Als er die Berge erreichte, war er sehr erleichtert. Der viele Lärm und die Hektik, die er zuvor erlebt hatte, fielen von ihm ab, und Ruhe und Frieden breiteten sich aus. Es wird wohl so ähnlich sein wie in der Mitte, dachte der König wieder, aber es sollte ganz anders kommen. Denn kaum begann er, die Gegend zu erforschen oder gar zu rufen, ob wohl ein Mensch in seiner Nähe sei, kamen von überall geisterhafte Stimmen, die ihn um Ruhe baten. "Sei leise", flüsterte es von der einen Seite, "Störe uns nicht", kam ein Wispern von der anderen. Und als der König sich umschaute, sah er auch die Bewohner der Berge der Vollkommenen Stille. Es waren Menschen wie er, sahen aber merkwürdig durchsichtig und zerbrechlich aus, und ihre Stimmen waren sehr sehr leise. Eine dieser Gestalten ging auf den König zu und fragte, was er wünsche. "Vielleicht möchte ich hier leben", antwortete er, da er aber vergessen hatte, leise zu sprechen, wich die Gestalt erschreckt zurück, und wieder waren die mahnenden Stimmen zu hören.

Einige Tage und Nächte vergingen, und der König gab sich alle erdenkliche Mühe, sich in das Leben in den Bergen einzufügen, doch es gelang ihm nicht.

Außer den ständigen Bitten um Ruhe hörte er kaum ein Wort von seinen neuen Mitmenschen, und allmählich machte sich ein tobendes Gefühl in seinem Inneren breit. Der König war wütend, so wütend, dass er nur noch mit Mühe seinen Zorn unterdrücken konnte. Und als er glaubte, platzen zu müssen, machte er, dass er von den Bergen wieder herunterkam. Als er sie hinter sich gelassen hatte, begann er, aus voller Brust zu singen, und das tat er so lange, bis er sich wieder wie ein richtiger Mensch fühlte.

Wieder gelangte er auf seinem Weg ins Reich der Unruhe, und diesmal ließ er sich Zeit, es zu durchqueren. Er blieb hier und da, um das Leben kennen zu lernen, bis er genug davon hatte und weiter zog. Auch im Land des Chaos verweilte er, lernte die Menschen kennen und überließ sich eine Weile dem großen Treiben, um sich schließlich auf den Weg in seine

Heimat zu machen. Bald fand er einen seiner Wegweiser. "Hier geht es ins Reich der Mitte", stand darauf, und er wunderte sich, wie verwittert das Schild schon war. Ich muss lange fort gewesen sein, sagte sich der König und freute sich um so mehr, nach Hause zu kommen.

Das Reich der Mitte lag vor ihm, und es war noch schöner als in seiner Erinnerung; und zu seiner großen Überraschung sah er, dass Menschen in ihm lebten. Verwundert fragte der König einen der Bewohner, woher dieser denn gekommen sei.

"Meine Ahnen sind einst aus diesem Reich ausgewandert, und ich wollte eigentlich nur einmal sehen, wie sie gelebt haben. Und weil mir das Land gefiel, bin ich geblieben."

Ein anderer erzählte ihm, auf keiner Landkarte hätte er das Reich der Mitte gefunden, aber gehört habe er viel darüber. Eines Tages sei er auf einen Wegweiser gestoßen und seiner Richtung gefolgt. Jetzt lebe er meistens hier und gehe nur noch ab und zu auf Reisen, wenn er glaubte, keine Kraft mehr für ein Leben im Reich der Mitte zu haben.

Der König hörte noch viele solche Geschichten, denn es gab gar nicht wenige Menschen in diesem Land. Manche lebten schon lange dort, nur hatte sie der König nicht bemerkt; andere kamen und gingen, etliche kehrten nach langen Reisen und Wanderungen für immer zurück.

So machte es auch der König, der schon längst kein Herrscher mehr war. Manchmal, wenn ihm das Reich der Mitte nicht mehr geheuer war, ging er für eine Weile weg ins Chaos, in die Unruhe oder in die Vollkommene Stille.

Wenn er wiederkam, freute er sich, dass er keine Macht über dieses Land hatte, nicht als König und nicht als ganz gewöhnlicher Mensch. Das Reich blieb, wie es war, blieb das Reich der Mitte, auch wenn er es manchmal nicht mehr mochte und ihm für lange Zeit den Rücken kehrte.

Das Salz des Lebens

Es war einmal ein Gott, der sollte über das Salz und alle anderen Gewürze dieser Erde wachen. Dieser Gott war nicht nur sehr jung, sondern auch sehr unerfahren, ein wenig leichtsinnig und überdies grenzenlos neugierig.

Kein Wunder also, dass er, sobald er konnte, eine Handvoll von allem, über das er zu wachen hatte, in seine Taschen steckte und auf Entdeckungsreise ging. So eilig hatte er es, dass er nicht einmal mehr danach fragte, was es denn bedeute, ein Gott mit einer solchen Aufgabe zu sein.

Bald traf er auf seiner Reise auf Menschen, und immer wieder schenkte er ihnen von den Köstlichkeiten, die er in seinen Taschen barg, denn das, so dachte er, müsse sich wohl für einen freundlichen Gott so gehören.

So kam es, dass die Menschen, ohne davon zu wissen, das Salz des Lebens in ihre Suppe taten, denn auch dieses trug der Gott bei sich und verschenkte es großzügig. Er hatte nämlich gemerkt, dass es den Menschen gut ging mit diesem Pulver und dass der Vorrat in seinen Taschen nicht weniger wurde.

In der Heimat der Götter wurde man allerdings irgendwann hellhörig. Den Menschen ginge es immer besser, hieß es, ohne dass sie dafür einen Finger rühren mussten. Vielleicht waren sie dank der Götter zu einem neuen, besseren Wissen gelangt, das ihr Leben reicher und glücklicher machte? Aber konnte das sein, dass die Erde sich so schnell änderte? Irgendetwas konnte da nicht stimmen; also wurden Boten auf die Erde gesandt, die nach dem Rechten sehen sollten.

Bald wurde der Gott des Salzes gesichtet, aber noch wusste niemand, was er Außergewöhnliches getan haben könnte, um die Menschen glücklicher zu machen. Denn das waren sie, wohin die Boten der Götter auch schauten. Und dann kam eines Tages einer der Boten ganz aufgeregt zu den Göttern zurück und erzählte von einer Entdeckung: Der Berg mit dem Salz des Lebens war geschrumpft und so klein geworden, als habe ihn jemand Stück für Stück abgetragen.

Da war die Aufregung im Götterhimmel groß, wussten sie doch nun alle, dass der Gott das Salz des Lebens mitgenommen und ohne zu zögern an die Menschen verschenkt hatte, wie man das natürlich nur mit den gewöhnlichen Gewürzen und Aromen tun durfte, nicht aber mit dem Salz des Lebens. Die Boten wurden schleunigst wieder ausgesandt, um den jungen Gott vor das Höchste Göttergericht zu bringen.

Bald darauf tagte das Gericht, und der Gott wurde zur Rechenschaft gezogen. Dieser aber sprach zu seiner Verteidigung, nachdem man ihm seine Schuld vorgetragen hatte: "Ich bin der Gott des Salzes und aller anderen Gewürze. Niemand hat mir gesagt, dass es mit dem Salz des Lebens etwas Besonderes auf sich hat. Als ich auf der Erde war und merkte, wie gut diese weißen Körnchen den Menschen tun, wusste ich nur von dem einen Gesetz, den Menschen als Gott etwas Gutes zu tun."

Der Richtergott fragte, ob denn wirklich niemand ihm davon erzählt habe, warum es das Salz des Lebens gäbe und wie man damit umgehen musste.

Niemand, bestätigte der Gott des Salzes, habe ihm das gesagt; wie aber hätte er danach fragen können, da er doch von der Wichtigkeit dieser Frage nichts ahnte? Die Ratlosigkeit im Göttergericht war groß, und alle schwiegen betreten. Dann aber sprach einer von den Höchsten Göttern, dass sie lieber schnell darüber nachdenken sollten, wie man die Erde und die Menschen retten könnte, denn denen ginge es nur noch kurze Zeit gut, bis das Salz des Lebens in ihren Händen aufgebraucht sei.

Der Gott des Salzes wurde zu einem der Weisen geschickt, damit der ihm nun endlich erklärte, was es mit der weißen Kostbarkeit auf sich hatte. Die anderen wollten in der Zwischenzeit beraten, wie es auf der Erde weitergehen sollte. Beim Weisen erfuhr der Gott, dass das Salz des Lebens zu den Menschen gebracht wurde, wenn sie schliefen. Der Gott des Salzes müsse nachts über die Erde gehen und die Schlafenden beim Träumen betrachten.

Wenn sie leicht träumten, konnte er weiterziehen; wenn die Träume aber schwer und voller Kämpfe waren, sollte er ein wenig Salz über den Schlafenden streuen, damit er es aufnähme und sein Leben am nächsten Tag besser wäre.

Nun verstand der Gott des Salzes, warum die Menschen in wahre Freudentaumel ausgebrochen waren, nachdem er ihnen ganze Hände voll vom Salz geschenkt hatte; das musste wie ein Rausch für sie gewesen sein.dann aber fiel ihm ein, dass der Berg mit dem Salz ja auch immer kleiner geworden wäre, wenn er weniger davon verschenkt hätte; es hätte nur länger gedauert.

Der Weise erklärte ihm, dass die Welt nur zusammenhielt, weil sie in Gegensätzen existierte. Das Salz käme aus den Tränen und dem Schweiß der Menschen. Das Leben sei nicht leicht, und Glück sei der kleinere Teil. Darum konnte sich das Salz des Lebens in großen Mengen ansammeln. Die Aufgabe der Götter sei es, daraus das Salz zu machen, das den Menschen das Leben wieder einfacher machen konnte. Nun aber solle er ins Göttergericht zurückkehren und hören, ob dort eine Lösung für die Menschheit gefunden worden sei.

Die beiden gingen zum Gericht, wo noch laut und heftig debattiert wurde; aber es war auch schon zu merken, dass ein Plan Gestalt annahm.

Als die anderen sahen, dass die beiden wieder da waren, sprach einer der Götterrichter: "Wir wissen alle, dass wir schnell handeln müssen, damit sich das Salz des Lebens wieder mehrt, da ein Leben ohne es auf der Erde nicht möglich ist. In früheren Zeiten des Mangels gingen die Menschen aufeinander los und töteten einander, weil ihnen das Salz immer knapper wurde. Ohne es sehen sie keinen Sinn in ihrem Dasein.

Es wäre einfach, es bei dem Mangel zu lassen, dann gäbe es bald keine Menschen mehr auf der Erde, um die wir uns kümmern müssen. Aber keiner von uns kann sich das vorstellen: ein Leben im Götterhimmel, ohne dieses menschliche Gewimmel.

Wir werden deshalb in großer Anzahl auf die Erde gehen, jeder von uns mit ein wenig Salz des Lebens. Wir werden die Menschen zum Schuften und zum Weinen bringen, damit sich das Salz wieder sammelt. Jeder achte genau auf die Träume der Schlafenden und gebe nur wenig von seinem Salz, wo es eben nötig ist. Es wird eine schwierige Zeit für die Menschen und auch für uns Götter; doch erst wenn der Berg mit dem Salz des Lebens wieder angewachsen ist, werden wir Ruhe haben."

Sogleich strömten die Götter auf die Erde und gaben den Menschen mehr zu tun als je zuvor; und Schweiß und Tränen waren voll von Salz.

Nachts gingen die Götter über die Erde und sahen nach, wo der Mangel zu groß geworden war, und verstreuten ein wenig von ihrer weißen Kostbarkeit.

Dies alles ist nun schon lange Zeit her, und im Götterhimmel ist wieder ein großer Salzberg angewachsen. Die Menschen bekommen es in vielen Teilen der Erde zu schmecken, doch die wenigsten wissen, woher es kommt und mit welcher Mühsal es von ihren Ahnen gesammelt worden ist, nachdem der Gott des Salzes es zu reichlich an die Menschen verschenkt hatte.

Mussmann und Möchtegern

In einer kleinen Stadt gab es einmal einen Bürgermeister, der war so mächtig, dass die Menschen ihn fürchteten und seinen Befehlen stets gehorchten. Und Befehle gab der Herrscher, wo er ging und stand. Den ganzen Tag lang hieß es, tu du dieses und du jenes, und du, hole mir das da her. Nur selten gab es einen Menschen, der sagte, er werde tun, was ihm befohlen war, es dann aber sein ließ. Wenn dies geschehen war, ließ der Bürgermeister nur um so lauter seine Stimme vernehmen. Eines Tages kam ein Fremder in die Stadt, der sich dort ein neues Zuhause suchen wollte.

Er merkte schnell, was vor sich ging; und es dauerte auch nicht lange, da trat der Stadtoberste vor ihn hin und sprach: "Du sollst wissen, woher der Wind weht, Fremder. Merke dir, wenn ich dir etwas sage, dann musst du folgen. Du kannst auch gleich gehen und mir mein Brot vom Bäcker holen!" Der neue Bürger schaute den anderen an und antwortete ruhig: "Ach, Mussmann, das trifft sich aber schlecht. Gerade wollte ich mich ein wenig aufs Ohr legen. Gehe du doch heute Brot für uns beide holen; und wenn es sich trifft, will ich das gleiche morgen tun."

Dem Mächtigen war die Sprache weggeblieben. Was hörte er da? Und wie hatte dieser Knirps ihn genannt? Mussmann? Der andere hatte sich indessen umgedreht und war in seinem Haus verschwunden.

Der Bürgermeister kehrte in sein Amtszimmer zurück, aber er wusste nichts rechtes mit sich anzufangen. Als er abends zur Ruhe kommen wollte, ging auch das nicht, denn er war furchtbar wütend über das Geschehene. In der Nacht nahm er sich vor, sich seinen Widersacher vorzunehmen. "Wenn ich ein Mussmann bin", denn er ahnte schon, warum dies sein Name sein sollte, "dann ist der doch nur ein widerlicher Möchtegern", dachte er.

Der nächste Tag begann still für die Bürger der Stadt. Es war nirgendwo die strenge Stimme des Obersten zu hören, denn der war ganz damit beschäftigt, Möchtegern aufzulauern, der schon bei Tagesanbruch fort gegangen war.

Am Abend tauchte er jedoch wieder gutgelaunt auf dem Marktplatz auf, und sofort stürzte der Bürgermeister sich auf ihn: "So", wetterte er, "nun wirst du dich entschuldigen und endlich deine Pflichten tun."

"Guten Tag, Mussmann, da bist du ja schon wieder", antwortete der andere. "Ich habe mich bei dir nicht zu entschuldigen, denn der Name steht dir wohl, so wie du den ganzen Tag hier herumgehst und dein 'Tu dies, tu das' ertönen lässt. Oder ist dir das Befehlen gar vergangen?"

Nicht nur das Befehlen, sondern alle Worte der Welt hatten den armen Mann verlassen. Wieder wusste er keine Antwort und stand nur da, groß und aufgeblasen in seiner ganzen Wut. Möchtegern aber wandte sich ab und kehrte heim. Fortan gingen sich die beiden aus dem Wege.

Der Bürgermeister versah seine Regierungsaufgaben mehr schlecht als recht, und nur selten war noch sein mächtiges Getöne in den Straßen zu hören.

Die Menschen in der Stadt bemerkten ihn kaum noch. Er selbst aber hatte keine glückliche Zeit mehr, und es ärgerte ihn, wenn er Möchtegern von ferne sah, der meist ein zufriedenes Gesicht machte.

Eines Tages wollte Mussmann dem anderen folgen, um herauszube-kommen, warum der so glücklich war. Es musste doch etwas ganz Besonderes mit ihm sein; und er dachte, wenn er das gleiche hätte wie Möchtegern, würde es ihm bald wieder gut gehen. Was er aber zu sehen und zu hören bekam, enttäuschte ihn zutiefst, denn Möchtegern führte ein ganz normales Leben. Er ging Geld verdienen, um Brot kaufen zu können, trank auch nicht mehr als andere und freute sich, wenn die Sonne schien.

Das konnte doch unmöglich alles sein?

Einmal stand Mussmann ratlos auf dem Marktplatz. Da er nie etwas anderes gelernt hatte, als Befehle zu geben, konnte er nicht sehen, ob eine Ware gut oder schlecht war. Und gerade, als er mutlos weggehen wollte, lief ihm Möchtegern in die Arme. Er sagte kein Wort, doch Mussmann begann sogleich zu sprechen: "Möchtegern", sagte er, "ich will wissen, warum du so zufrieden bist, denn mir ist die Lust am Leben ganz vergangen; und wenn ich dich so sehe, packt mich die Wut."

Möchtegern, der ja eigentlich gar kein Möchtegern war, verging die Spottlust, als er sah, in welcher Stimmung der Bürgermeister war, und er antwortete: "Ich weiß nicht, ob dir zu helfen ist, und auch nicht, ob wir uns vertragen werden; aber wir können es versuchen. Ich werde jedoch keinen Finger für dich rühren, denn das sollst du fortan selber tun."

Möchtegern war keineswegs begeistert, dass Mussmann sein Begleiter sein wollte. Aber er tat ihm auch ein wenig leid, weil er so hilflos war. Die beiden trafen sich nun von Zeit zu Zeit, und der Bürgermeister lernte, zu sehen, was es um ihn herum gab und wie einfach es war, es sich zu nehmen, ohne ein großes Getöse darum zu machen.

Seine Größe und Macht waren geschrumpft, und er war im Grunde seines Wesens schüchtern. Wenn er auf dem Markt einkaufen wollte, war seine Stimme anfangs kaum zu hören, so leise sprach er. Er wurde sogar ausgelacht, weil er sich so verändert hatte, aber die Leute gewöhnten sich allmählich an ihn. Wie durch ein Wunder konnte er sogar Bürgermeister bleiben, oder blieb er es vielleicht gerade, weil er ein anderer geworden war? Wer weiß schon, was in den Köpfen der Menschen vor sich geht.

Der hohe Herr und der kleine Mann aber waren Freunde geworden. Manchmal stritten sie noch miteinander und nannten sich einander Mussmann und Möchtegern. Dann sagte wohl der eine von ihnen, welch ein Glück es sei, nicht so zu sein wie der andere. Der sei ja viel schlimmer als man selbst. Dann gingen sie sich ein paar Tage lang aus dem Weg, bis bald darauf ihr Zorn wieder verraucht war. Und es würde noch eine lange Zeit dauern, bis sie sich für immer aus den Augen verlören. Darüber aber wird in dieser Geschichte nicht berichtet.

Über die Schönheit

Viele Dinge sind schon vor so langer Zeit geschehen, dass kaum noch jemand davon weiß. So ist es auch mit dem, wovon hier erzählt wird. Noch gab es wenige Menschen auf der Erde, und so hatten Wesen dort Platz, denen man heute kaum noch begegnet.

Zu jener Zeit lebte auch ein Jäger, der sich nahe eines Waldes in einem Dorf niedergelassen hatte und für die Dorfbewohner und sich selbst auf die Jagd ging. Eines Abends, als er sich auf seinen Hochstand gesetzt hatte und wartete, hörte er eine fremde Stimme: "Höre, Jäger, lass' heute einmal das Jagen sein und lausche, was ich dir zu sagen habe."

Der Jäger, der sich für einen ganz besonders wichtigen Menschen hielt, wollte sich so einfach nicht stören lassen und entgegnete: "Was wirst du mir schon zu sagen haben, dass ich deswegen meine Arbeit nicht mache; und wer bist du?"

"Ich bin der Gott der Schönheit", antwortete die Stimme. "Du kannst mich nicht sehen, obwohl ich dir ganz nahe bin. Glaube mir, dass es gut ist, wenn du mir zuhörst und meine Botschaft weitergibst, denn ich komme selten und die Menschheit wird mich brauchen."

Der Jäger wurde neugierig. Auch erfüllte es ihn mit Stolz, dass ausgerechnet er auserkoren war, eine so seltene Begegnung zu haben. Also sagte er: "Gut, Gott der Schönheit, ich werde dir zuhören. Aber gestatte mir eine Frage: Was ist Schönheit? Ich habe dieses Wort noch nie gehört."

Der Gott der Schönheit lachte leise und antwortete. "Du kannst es noch nicht kennen. Über mich und die Schönheit erfährst du, wenn du sehen lernst. Ihr in eurem Dorf könnt noch nicht sehen. Ihr könnt wohl unterscheiden, ob ihr ein Tier oder eine Pflanze essen könnt oder nicht oder ob das Holz eines Baumes gut für den Bau eines Hauses ist; aber ihr vermögt noch nicht das Besondere eines jeden Wesens zu erkennen. Es ist fast so, als hättet ihr schlechte Augen."

Der Gott der Schönheit machte eine Pause, so dass der Jäger ihm eine weitere Frage stellen konnte: "Höre, Gott, heißt Schönheit, dass jeder Mensch um mich herum anders aussieht als alle anderen? Und ist es auch das, warum ein Mann ein ganz bestimmtes Weib zur Gemahlin haben möchte, auch wenn sie eine Kuh oder eine Ziege weniger in die Ehe bringen kann als eine andere?"

Der Gott der Schönheit antwortete: "Ja, so ist es zu einem Teil, aber es ist sehr gefährlich, wenn du nur von dieser Schönheit weißt. Es gibt noch eine andere Art Schönheit, die man mit seinem inneren Auge sehen lernen muss."

Das verstand der Jäger nicht. Er konnte sich nicht vorstellen, was ein inneres Auge sein sollte. Außerdem begann er sich zu ärgern, weil er sich daran erinnerte, dass er selbst nicht die schönste Frau im Dorf zur Gemahlin hatte nehmen können, weil ein anderer ihm zuvorgekommen war. Diese Erinnerung schmerzte, und er wollte sie so schnell wie möglich wieder loswerden und den Gott der Schönheit gleich dazu. Also sprach er zu ihm:

"Höre, Gott, nachdem ich nun weiß, wie du nennst, was es bei uns im Dorf schon lange gibt, möchte ich nun endlich wieder an meine Arbeit gehen. Ich verstehe vielleicht wenig vom Sehen und von der Schönheit; aber noch viel weniger weiß ich, was ein inneres Auge ist, und ich glaube, dass ich es auch gar nicht wissen will."

Der Gott bemerkte den Ärger des Jägers und ahnte, dass er mit der Schönheit, die man mit den äußeren Augen sehen konnte, schon traurige Erlebnisse gehabt hatte.

Also musste auch in diesem Teil der Erde die Blindheit der inneren Augen sehr groß sein, und so war es schon in vielen Gegenden gewesen, in die er gekommen war. Er wollte aber dem Jäger gerne helfen und sprach: "Lieber Mensch, dein inneres Auge ist ebenso wichtig wie die beiden anderen, die du hast. Du siehst damit, ob jemand dir gut oder schlecht gesonnen, großzügig oder geizig, geduldig oder unwirsch ist. Wenn du dein Weib so auswähltest, hast du recht gehandelt. Aber du musst auch vorsichtig sein mit dem, was du siehst, denn was heute so ist, kann morgen schon wieder ganz anders sein. Die Wesen dieser Welt sind nicht beständig."

Der Jäger aber war kein guter Lehrling des Gottes der Schönheit und wusste nur zu entgegnen. "Wenn sich alles so schnell ändern kann, was taugt es dann? Lieber verlasse ich mich darauf, was ich mit meinen beiden äußeren Augen sehen kann, denn das ändert sich lange nicht so schnell, wie du zu glauben scheinst."

Der Gott der Schönheit wusste nun ganz sicher, dass der Jäger seine Botschaft nicht wollte und sie auch nicht weitergeben würde. Nachdem er dies nun schon oft erlebt hatte, konnte er nur hoffen, dass vielleicht sein Bruder, der Gott der Weisheit, wieder zu reisen begann, um die Menschen zu lehren, was Schönheit ist. Aber sein Bruder war alt, und früher war er oft traurig von seinen Reisen über die Erde zurückgekehrt und hatte geklagt, mit welcher Blindheit und Taubheit die Menschen geschlagen seien.

Vielleicht würde es das Beste sein, sich einfach nicht mehr darum zu kümmern, was auf der Erde geschah; und kaum hatte er das gedacht, verschwand er ganz einfach in der Finsternis der Nacht. Es kann gut sein, dass seit diesem Ereignis der Gott der Schönheit und sein Bruder, der Gott der Weisheit, nicht mehr auf die Erde gekommen sind. Was sollte sonst der Grund dafür sein, dass die Menschen ihre inneren Augen auch heute nicht benutzen und die meisten noch nie von ihnen gehört haben; und deshalb weiß auch in diesen Tagen niemand auf der Erde, was Schönheit ist.

Das Gedankenkleid

Vor langer Zeit, kurz, nachdem die Erde entstanden war und die ersten Menschen über sie hinweggingen, war das Denken noch nicht erfunden; und niemand verstand etwas von dem, was rundherum geschah.

Erst lebten die Menschen wie die Tiere und schauten sich von ihnen ab, wie sie ihr Dasein meistern könnten. Bald aber wussten sie sich von den Tieren zu unterscheiden und begannen, ihr Leben neu zu gestalten; sie bauten sich Häuser und kleideten sich ein; und dann begannen sie, in einer eigenen Sprache zu sprechen, die von den Tieren keines mehr verstand.

Nur das Denken war den Menschen fremd, wenn es darüber hinausging, wie sie sich wärmen und ernähren könnten.

Zu dieser Zeit lebte in einem Dorf ein kleines Mädchen; und das begann sich zu fragen, was es außer dem Haus, in dem es lebte, den Kleidern, die es trug, und dem Brot, das es aß, noch alles gäbe; vor allem aber, wie die Welt entstanden sei. Es fragte seine Mutter danach und auch, woher die Menschen kämen. Warum lebten sie so und nicht anders, warum hätten sie kein Fell wie die Tiere, und ob diese auch eine Sprache hätten.

Die Mutter aber gebot dem Fragen ihres Kindes Einhalt und antwortete, das wüsste niemand. Außerdem hätte auch kein Mensch die Zeit, sich um solche Dinge zu scheren. Sie alle hätten es schwer genug, das Brot zu verdienen, das sie alle äßen, für die Kleider zu sorgen, die sie trügen, und das Haus instand zu halten, in dem sie wohnten. Und nur das würde das Kind von ihr lernen, denn etwas Wichtigeres gäbe es nicht.

Das Mädchen aber mochte nicht glauben, dass seine Welt nur aus Brot und Wolle und Holz bestehen sollte, und wollte sich auf die Suche nach einer Antwort auf all seine Fragen machen. Es merkte sehr bald, dass es im Dorf niemanden gab, der etwas davon verstand. Nach langem Zögern beschloss es, die Mutter und das Dorf zu verlassen, um auf die Suche zu gehen.

Und da es nicht wusste, wohin es sich wenden könnte, schlug es auch keinen bestimmten Weg ein, sondern wanderte einfach los. Es war sehr erstaunt, als es merkte, dass es viele Dörfer gab, die genauso aussahen wie sein Heimatort. Und überall schufteten die Menschen, um zu überleben. Für das Mädchen war dies ein Glück, denn immer, wenn es eine Weile bleiben wollte, fand es schnell eine Anstellung, bei der es für Brot und ein Dach über dem Kopf arbeiten konnte. Lange Zeit aber wagte es niemanden zu fragen, was ihm so sehr auf der Seele lag; denn es ahnte, dass überall die Antworten die gleichen sein würden, wie seine Mutter sie gegeben hatte.

Eines Tages bat das Kind in einem Haus um Aufnahme, in dem ein anderer Wind zu wehen schien. Die Herrin war anders als alle Frauen und Männer, denen das Mädchen je begegnet war. Zwar war auch jene Frau darauf bedacht, für ihr Leben zu sorgen, aber sie tat auch sonst allerlei merkwürdige Dinge.

So hatte sie seltsame dünne Blätter im Hause liegen, auf die sie mit dunkler Flüssigkeit Zeichen machte. Oder sie ging durch das Haus und sprach mit sich selbst. Nie waren es Worte, die das junge Mädchen verstand. Irgendwann nahm es seinen ganzen Mut zusammen und bat die Frau, es anzuhören. Und es erzählte ihr von seiner Suche nach Antworten auf alles Unbegreifliche, das es auf dieser Erde gab.

Die Ältere hatte gespannt zugehört und wurde auch nicht ungeduldig, wie es das Mädchen befürchtet hatte. Dann fragte sie, wie lange es denn schon von zuhause fort sei. Das wusste das Mädchen nicht mehr, aber es war sehr erstaunt, als die Frau ihm sagte, es scheine kein Kind mehr und schon eine ganze Weile auf seiner Suche zu sein. Ein erstes Ziel habe das Mädchen bei ihr erreicht. Sie nämlich stünde mit verborgenen Mächten in Verbindung und wisse von ihnen, dass eine Möglichkeit, hinter die Rätsel des Lebens zu kommen, sei, ein Gedankenkleid zu tragen.

Es klang absonderlich, was die Frau erzählte von fremden Mächten und einem Kleid, das Fragen beantworten konnte. Aber sie hatte so ernsthaft gesprochen, dass die Jüngere nicht an der Wahrheit der Worte zweifelte. Sie fragte also, wie sie in den Besitz eines solchen Kleides kommen könne. Die Frau antwortete ihr, sie solle sich noch eine Weile gedulden, dann würde sie ihr Gedankenkleid erhalten. Das Mädchen würde so lange für die Frau arbeiten, bis es ein solches Kleid bekommen hätte.

Es verging eine lange Zeit, bis die Frau es rief und ihm sagte, dass sich sein Wunsch nun bald erfüllen würde.

Aber was nur war das gewesen? Der Suchenden war das Denken ja nicht gegeben, und wer nicht denken kann, hat auch keine Erinnerungen, außer an Dinge, die Tag für Tag die gleichen sind. Die Frau sah, wie es um ihren Schützling stand und war zufrieden. Sie hieß die Junge schlafen und verließ das Haus, um zu ihrem eigenen Lehrer zu gehen, von dem sie einst das Denken und Erinnern gelernt hatte.

Dieser zierte sich erst eine ganze Weile, bis er sich einverstanden erklärte, ein Gedankenkleid zu machen. Wer wusste schon, ob dieses Menschenkind geeignet sein würde, es zu tragen, nachdem es alles vergessen hatte, das es fragen wollte. Aber es musste genau ein solches Geschöpf sein wie dieses, das neugierig und mutig genug gewesen war, um bis in das Haus der Frau zu gelangen.

Also machte sich der Meister endlich an die Arbeit. Er nahm einen Stoff, tauchte ihn hier hinein und dort hinein, sprach diese und jene geheimnisvollen Worte und arbeitete die ganze Nacht an dem neuen Gewand. Gegen Morgen war es fertig, und er gab der Frau das Kleid.

Als diese wieder in ihrem Haus war, ging sie zu der Schlafenden und sprach: "Wach auf, deine Zeit ist gekommen. Du musst aufbrechen."

Aber was meinte ihre Herrin da? Wurde sie vertrieben? Hatte sie etwas falsch gemacht? Waren die Kleider nicht sauber, die sie gepflegt, die Mahlzeiten nicht gut, die sie gekocht hatte?

Die Frau antwortete, es sei alles in Ordnung, aber nun müsse sie gehen. Hier sei ein neues Kleid für sie, damit sie ordentlich aussähe, wenn sie wieder irgendwo in Stellung ginge, und dort ihr Lohn, den sie noch für ihre Arbeit zu bekommen habe.

Die Junge nahm alles entgegen, bewunderte das neue Kleid und wollte es schon überziehen, da hielt ihre Herrin sie davon ab und sprach. "Lass dich noch einmal so ansehen, wie du all die Jahre gewesen bist, dann werden wir Abschied nehmen." Dann umarmte sie die junge Frau und war mit einemmal verschwunden.

Die Jüngere wunderte sich ein wenig, wandte sich dann aber wieder ihrem neuen Gewand zu, freute sich, wie gut es gearbeitet war, und streifte es endlich über. Da sie ihre einstige Herrin nirgends mehr hören oder sehen konnte, nahm sie ihre wenigen Habseligkeiten und verließ das Haus.

Draußen hatte mit dem neuen Tag auch all die Geschäftigkeit begonnen, sie aber fühlte sich frei. Also ging sie den ganzen Tag erst durch das Dorf und dann weiter auf alten und neuen Wegen. Und dann fielen sie ihr alle wieder ein, die Fragen, die sie als kleines Mädchen gestellt hatte; und sie wollte nun endlich nach den Antworten suchen. Wie war das gewesen? Wollte sie nicht erfahren, wie die Welt entstanden war, warum die Menschen wie Menschen und die Tiere wie Tiere waren? Und irgendwann war sie in dieses Dorf gekommen, und ihre Herrin hatte ihr von einem Kleid erzählt, von einem Gedankenkleid. Sie schaute an sich herunter und freute sich an dem wunderbaren Gewand.

Dann begann wieder eine lange Wanderschaft für sie, ähnlich der ersten, nachdem sie ihre Heimat verlassen hatte. Kam sie in Ortschaften, fragte sie nach Obdach und Brot, aber auch nach den Weisen und Gelehrten, die dort lebten, und nach den Geheimnissen der Welt. Oft waren die Weisen erstaunt über die Gedanken und Fragen, die die Reisende ihnen vortrug, aber nicht einer konnte ihr sagen, was sie so dringend zu erfahren wünschte.

Eines Tages traf sie den ältesten Menschen, der ihr je begegnet war, und auch diesem trug sie ihre Fragen vor.

Nachdem er ihr zugehört hatte, bekam die Frau auch wirklich eine Antwort. Es sei schön, die Gabe des Denkens und Fragens zu besitzen, so sagte der Alte zu ihr; das Gewand, das sie diese Kunst gelehrt habe, sei von unschätzbarem Wert. Die Dinge aber, die sie wissen wolle, gehörten zum großen Geheimnis des Lebens, und darauf gäbe es keine Antwort.

Aber was nützte ihr dann das Gedankenkleid? Warum hatte sie ihre Heimat verlassen, vielleicht sogar ihr Leben vergeudet, wenn sie ihr Ziel doch nie erreichen würde, fragte sie empört. Sollte sie nicht besser dieses furchtbare Gewand ablegen und alles vergessen, das sie je erfahren hatte, und endlich zur Ruhe kommen?

"Was bist du so enttäuscht", fragte der Alte, als die Frau wieder schwieg. „Dein Weg ist bei mir noch nicht zu Ende, und wenn du ihn weitergehst, frage immer wieder deine Fragen. Du wirst staunen, wie oft man dir antworten wird, wie alles entstanden und gedacht sein könnte.

Der Reichtum der Gedanken liegt nicht allein im Wissen, sondern auch in der Phantasie der Menschen. Vielleicht haben manche dir schon eine Antwort zu geben versucht, du aber konntest sie noch nicht hören. Versuche es nur immer wieder."

Das schien ein schwacher Trost zu sein, aber mit der Zeit akzeptierte die Frau, dass es keine endgültigen Antworten gab. Sie suchte sich endlich eine Heimat und ging weiter ihren Fragen nach, hörte zu und suchte nach Erklärungen. Bald zählte sie selbst zu den Gelehrten mit ihrem großen Schatz an Gedanken, denn die Fähigkeit des Denkens war ihr längst zueigen geworden; und sie blieb ihr auch, nachdem das Gedankenkleid zu Lumpen geworden war.

Schwarze Frau

Es gab einmal eine Zeit in einer Gegend dieser Erde, zu der es immer weniger Männer gab. Zwar waren die Frauen daran gewöhnt, dass Männer fort gingen, um in den Krieg zu ziehen oder anderswo ihr Glück zu suchen; aber immer mehr Männer verschwanden von einem Tag auf den anderen.

Die Frauen begannen, sich darauf einzurichten, ihr Leben allein zu führen, und trösteten sich damit, dass es noch genügend Söhne gab, die die Männer bald ersetzen würden.

Leider hielt dieser Trost nicht lange an, da auch die jungen Söhne auf geheimnisvolle Weise verschwanden. Es wurde immer schwieriger, für Nachwuchs zu sorgen; und die Frauen legten oft weite Wege zurück, um sich in anderen Gegenden Geburtsrechte zu kaufen. Dies war damals durchaus üblich, aber Geburten waren teuer und Reisen mühsam.

Viele Jahre vergingen, und das mannsarme Volk kämpfte schwer ums Überleben. Als der Missmut immer größer wurde, hielten die Frauen endlich Rat. Da nur bei ihnen die Männer zu verschwinden schienen, müsste es doch eine Lösung für ihr Problem geben, dachten sie. Zunächst jedoch fiel ihnen nichts ein, das sie tun könnten.

Aber zum Glück gibt es Menschen, die auf ihre Träume hören, und so konnte eine der Frauen eines Morgens von einer nächtlichen Erscheinung berichten. Sie hatte im Schlaf eine Stimme vernommen, die zu ihr gesprochen hatte: "Suche die Schwarze Frau; sie kann euch helfen."

Aber keine von ihnen hatte je von der Schwarzen Frau gehört; wo also sollten sie nach ihr suchen? Sie beschlossen, darauf zu achten, ob sie vielleicht noch einen Hinweis bekämen. Doch es geschah lange Zeit nichts, bis zu dem Tag, an dem eine der Frauen zu der Wasserstelle ging, an der die Kleider gewaschen wurden. Sie watete ein Stück in den Teich, und plötzlich wurde sie von einem Sog erfasst und mit der Strömung mitgerissen. Die arme Frau stand Todesängste aus, weil sie sich nicht gegen die Kraft des Wassers wehren konnte und es um sie herum immer dunkler wurde. Gerade wollte sie sich mit ihrem Tod abfinden, da wurde sie in eine Höhle geschwemmt und hatte wieder trockenen Boden unter den Füßen.

Es war sehr dunkel, so dass sie wenig sehen konnte, aber in der Ferne hörte sie ein Klopfen und Schaben, und sie ging diesen Geräuschen nach.

Nach einer Weile entdeckte sie eine Gestalt, die auf einem großen Felsen stand, über ihr Hunderte von schmalen Gängen, die sich senkrecht nach oben in der Finsternis verloren. An einem dieser Gänge arbeitete die Gestalt, bis sie bemerkte, dass sie beobachtet wurde.

Sie kletterte von ihrem Felsen hinunter und ging auf die Frau zu, die nun sah, dass die Gestalt ebenfalls ein Weib, aber von Kopf bis Fuß schwarz war, die Schwarze Frau also, die sie alle finden wollten. Sogleich erzählte sie der Schwarzen von der Sorge in ihrer Heimat. Diese aber schien darüber Bescheid zu wissen, denn sie nickte hin und wieder, als ob sie irgendetwas bestätigt fände.

"Ja", sagte sie dann, "ich weiß davon, dass in einer Gegend hier die Männer und Söhne verschwinden. Ruhe dich ein wenig aus, dann werden wir sehen, ob wir eurer Not ein Ende bereiten können."

Nachdem ihr Gast sich erholt hatte, erzählte die Schwarze Frau, dass an diesem Ort entschieden würde, welches Kind als Frau und welches als Mann auf die Welt kommen würde. Die Höhlen, die sie oben in der Felsendecke sähe, seien Gänge zum Mond, und jeder Ort auf der Welt hatte seine eigene Höhle. Wenn der Mond wüsste, dass wieder ein Kind geboren werden sollte, schicke er für jedes Kind eine Frucht auf die Erde, entweder eine Mannsfrucht oder eine Weibsfrucht. Die Mannsfrüchte für den Heimatort der Frau müssten wohl nicht mehr gut genug für ein rechtes Gedeihen sein. Wohl würden kleine Söhne geboren, aber bald hole sich der Mond die Knaben und jungen Männer wieder, wenn er merkte, dass sie nicht gut geraten waren.

Die Frau hatte entsetzt zugehört, wie es um ihre Heimat stand, und wollte alles Notwendige dafür tun, um den Weg zum Mond wieder zu ordnen.

Die Schwarze fragte, wo die Heimat der Frau sei, und als diese geantwortet hatte, suchte sie nach der passenden Mondhöhle. Eigentlich sahen alle gleich aus, nur dass es weitere und engere Höhlen gab, für groß gewachsene und für kleinwüchsige Völker. Und wenn nun eine Höhle zu eng für die Früchte des Mondes geworden war, so dass sie Schaden auf ihrer langen Reise erlitten? Mannsfrüchte waren größer als Weibsfrüchte und daher zuerst betroffen. Die Schwarze Frau berichtete, dass sogar ganze Volksstämme aussterben könnten, wenn es keine guten Früchte mehr gab.

"Lass uns ein Feuer machen", sagte sie. Der Mond wird schon merken, dass er keine Menschenfrüchte schicken darf, wenn er hier ein Licht sieht. Dann werden wir hinaufsteigen und nachsehen, was wir ausrichten können." Das taten sie, und als sie, bewehrt mit Fackeln und langen Stöcken, an der richtigen Höhle angekommen waren, sahen sie, dass in den Wänden des steinernen Ganges kleine Pflanzen wucherten. Schön sahen sie aus, diese zarten Gewächse, aber als sie sie berührten, merkten sie, dass die Blattgebilde zu Stein geworden waren. Also waren wohl sie es, die den Mannsfrüchten Schaden zufügten, wenn der Mond sie schickte. Die beiden Frauen schlugen so viele Pflanzen wie möglich von der Höhlenwand. Sehr hoch kamen sie nicht in den Gang hinauf, aber vielleicht würde ihre mühselige Arbeit doch etwas nützen.

Endlich stiegen sie wieder hinab, und die junge Frau fragte, was es denn mit den Gewächsen in der Höhle auf sich habe. Die Schwarze erwiderte, dies seien Mondfrüchte, die auf dem falschen Weg zur Erde hinunter geschickt würden. Sie kämen nie an dem für sie bestimmten Ort an, sondern müssten für immer in den Höhlen bleiben. Und da es für die Menschen auf der Erde immer enger würde, lägen auch die Mondhöhlen näher und näher zusammen. Für den Mond würde es dadurch schwerer, die richtigen Höhlen für seine Früchte zu finden.

Das klang sehr bedrohlich, und die Junge hatte nur noch den einen Wunsch, ans Licht und nach Hause zurückzukehren.

Die Schwarze brachte sie also an den Rand der Höhle, an dem das Wasser begann, und zeigte ihr, wie sie unbeschadet wieder an Land kommen konnte. Auch versprach sie, genau auf ihre Heimathöhle zu achten, so dass kein weiteres Unglück über ihr Volk käme.

Es erregte großes Aufsehen, als die junge Frau wieder in ihrem Dorf ankam. Es war schon nach ihr gesucht und gefürchtet worden, dass ihr etwas zugestoßen sei. Sie erzählte ihnen von dem Sturz ins Wasser, der Schwarzen und den Mondfrüchten. Manche Dorfbewohnerinnen lachten sie aus, aber immerhin hatte ja eine von ihnen im Schlaf gehört, sie sollten die Schwarze Frau suchen.

Also wollten sie abwarten, was geschehen würde, und tatsächlich wurden wieder mehr Knaben geboren. Die heranwachsenden jungen Männer verschwanden nicht mehr auf unerklärliche Weise, und die Frauen brauchten keine weiten Wege mehr zurückzulegen, um Geburtsrechte zu erwerben. Es musste also stimmen, dass es die Schwarze Frau und die Mondhöhlen wirklich gab und dass diese über das Gedeihen eines Volkes bestimmten.

Und darum gaben die alten Frauen aus jenem Volk diese Geschichte an die nächsten Generationen weiter; und je mehr Menschen geboren wurden und davon hörten, umso weiter wurde sie in die Welt hinausgetragen.

Väterchen Mond

Väterchen Mond saß in seinem Lehnstuhl und schlotterte. Einen solchen Schnupfen hatte er schon lange nicht mehr gehabt! Und das nur, weil er sich mit seiner Gattin, Mutter Sonne, gestritten hatte. Es war um die gleichen Dinge gegangen wie schon bei jedem anderen Streit, um Arbeitsteilung und Kindererziehung – natürlich!

Sie sei überlastet, hatte sie ihm entgegen geschmettert, weil sie rund um die Uhr Licht und Wärme produzieren müsse! Doch wer von ihnen beiden arbeitete immer in den dunklen Nächten? Und wer kümmerte sich um die vielen Sternenkinder, deren Zahl so unüberschaubar geworden war, dass er sie gar nicht mehr zählen konnte? Er natürlich – Väterchen Mond! Er sammelte sie stets um sich herum, zeigte ihnen die Wege durchs All und wie sie genügend Sonnenstrahlen abbekamen, damit auch sie leuchten konnten. Mutter Sonne hatte doch weiter damit gar nichts zu tun!

Und dennoch: Die Sonne zeigte ihm seit Tagen die kalte Schulter.

Erschöpft lehnte er sich zurück. Die Nase triefte, und seine Füße steckte er abwechselnd in warme Filzpantoffeln und in ein heißes Wasserbad. Ach!

Wenn er niesen musste, tat er dies so heftig, dass die kleinsten Sternenkinder, die noch nicht ihre eigenen Wege gingen, erschrocken auseinander stoben.

Auch auf der Erde hatte man bemerkt, dass der Mond nicht so war wie sonst. Man sah ihn zwar am Himmel stehen, aber er war blass und zitterte! Auch zog er nicht so gleichmäßig am Firmament dahin wie sonst. Sogar das Meer wusste nicht recht, wann es Ebbe und wann es Flut machen sollte.

Es musste also etwas geschehen.

Die Menschen und einige Tiere, die auch ganz durcheinander geraten waren, dachten nach. „Es muss am Mond liegen", sagten sie. „Seht nur, wie er am Himmel steht. So bleich ist er doch sonst nie – nicht mal im kältesten Winter! Und er zittert ja!"

Sie beschlossen, an der Himmelsleiter einen Rat abzuhalten. Die Himmelsleiter steht dort auf der Erde, wo sie Sonne und Mond am nächsten ist. Aber die Leiter ist sehr sehr hoch, und kein Mensch und kein anderes Lebewesen hatte bisher den Aufstieg gewagt.

Die Schlange erbot sich, ein Stück der Leiter empor zu kriechen und jemanden auf ihrem Rücken mitzunehmen, der dann später weiterklettern würde. Ein Rabe wollte sich von ihr tragen lassen und einen Wurm im Schnabel mitnehmen, der die Leiter noch höher hinauf steigen würde.

Aber was würden sie tun, wenn sie tatsächlich beim Mond oder bei der Sonne angekommen wären?

„Wir müssen zumindest mal fragen, was eigentlich los ist, dort oben", sagten einige, und ihnen wurde Recht gegeben.

Der Rabe nahm den Wurm in den Schnabel, setzte sich der Schlange auf den Rücken, und sie machten sich auf den Weg. Es war ein langer Aufstieg!

Aber sie kamen immer weiter nach oben, und als die Schlange ganz erschöpft war, verabschiedeten sich der Rabe und der Wurm und gingen weiter. Der Vogel stieg auf, bis auch er nicht mehr konnte. Da setzte er den Wurm auf die höchste Sprosse der Leiter, die er noch erreichte, und versprach, auf den Wurm zu warten. Dieser glitt hoch hinauf, bis er am Mond anlangte.

Der saß in seinem Lehnstuhl – und nieste. Der Wurm wäre fast von der Leiter gefallen – so stark schwankte sie davon! Sogleich fragte er Väterchen Mond, warum es auf der Erde nicht mehr mit rechten Dingen zuginge.

„Du siehst es doch", erwiderte der Mond, „ein Schnupfen plagt mich und mir ist kalt, weil Mutter Sonne mir keine Wärme mehr schickt."

„Aber was ist denn passiert?", fragte der Wurm, „ich habe zwar noch kein langes Wurmleben hinter mir, doch ich glaube, so etwas ist auch vor mir noch nie geschehen. Jedenfalls hat mir niemand davon erzählt."

„Das glaube ich dir", meinte der Mond bitter, „es war auch noch nie so schlimm, mit der Sonne zusammenzuleben."

„Was können wir denn tun?", fragte der Wurm. „Wenn ich mich mit meiner Frau streite, müssen wir doch auch irgendwie damit fertig werden. Und immerhin ist durch eure Streiterei die ganze Erde in Unordnung geraten."

Das tat sogar dem Mond Leid. „Also gut", sagte er. „Kannst du vielleicht zur Sonne gehen und ihr sagen, dass sie mir ein paar Strahlen schicken soll? Wenn mir nur bald wieder wärmer ist und meine Nase nicht mehr läuft, werde ich zu ihr hingehen. Vielleicht hören wir ja auf zu streiten."

Der Wurm seufzte auf – vor Erleichterung, aber auch vor Furcht. Wie sollte ein so kleiner Wurm mit der Sonne sprechen?

Mutter Sonne aber hatte längst bemerkt, was sich auf der Erde und auf der Himmelsleiter abgespielt hatte. Sie war gerührt vom Mut der Tiere, die sich auf den langen Weg hinauf gewagt hatten, und eigentlich vermisste sie auch Väterchen Mond. Ein bisschen bereute sie den Streit und dass der Mond nun einen solchen Schnupfen hatte.

Dieser merkte, dass es gar nicht mehr so kalt war, und als er sich umschaute, sah er in der Ferne seine Frau auftauchen. Sie schickte ihm vorsichtig ein paar Strahlen, damit der arme Wurm nicht verbrennen musste.

„Ich glaube", sagte der Mond zum Wurm, „du kannst allmählich auf die Erde zurück kehren, Mutter Sonne weiß längst, dass du zu uns hinauf gekommen bist, weil eure Erde in Unordnung geraten ist."

Wie freute sich der Wurm! Er machte sich sogleich auf den langen Weg die Leiter hinunter, bis er den Raben traf, der treu auf ihn gewartet hatte. Und auch die Schlange war auf ihrer Sprosse sitzen geblieben und war erleichtert, als die beiden wieder auftauchten.

Gemeinsam kletterten sie das letzte Stück der Himmelsleiter wieder hinunter, und als sie auf der Erde ankamen, wurden sie mit viel Freude und Neugier empfangen. Der Wurm musste genau erzählen, was er bei Mond und Sonne erlebt hatte.

Es dauerte noch ein paar Tage, bis der Mond klar und silbern seine Bahnen am Himmel zog und bis auch das Meer wieder Ebbe und Flut machen konnte.

Dann war alles wieder so, wie man es auf der Erde gewohnt war, und dies blieb für lange Zeit so.

Und wie war es bei Mutter Sonne und Väterchen Mond weiter gegangen? Es war noch einmal heiß hergegangen im Himmel. Es hatte gestürmt im All und so viele Sternschnuppen wie noch nie zuvor gegeben. Schließlich waren beide wieder still geworden und stellten fest, dass ihre Arbeitsteilung eigentlich gar nicht so schlecht gewesen war. Jeder von ihnen hatte das getan, was er am Besten konnte.

Sie beschlossen also, sich wieder zu vertragen. Ab und zu aber, so meinten beide, würden sie Ferien machen. Auf der Erde kann man daher von Zeit und Zeit etwas erleben, das die Menschen Sonnen- und Mondfinsternis nennen.

Einen zitternden, niesenden Mond hat seither aber wohl niemand mehr gesehen.

Teufelskralle

Die Geister im Wald hatten sich versammelt. Es war unruhig geworden in ihrer Heimat. Immer mehr Menschen strömten in die Wälder, weil es ihnen in ihren Städten zu laut und hektisch geworden war. Nicht nur am Wochenende, auch an gewöhnlichen Tagen fuhren die Menschen mit ihren Autos auf die immer größer werdenden Parkplätze, luden ihre Fahrräder – oder ihre Mountainbikes – von den Dachgepäckträgern und fuhren in großen und kleinen Gruppen durch die Wälder und machten Lärm. Viele Tiere trauten sich nur noch nachts aus ihren Verstecken. Manche beschlossen, keinen Nachwuchs mehr zu bekommen, weil sie um das Überleben ihrer Jungen bangten. Große Nervosität hatte sich breit gemacht.

Daher hatten die Geister die Notwendigkeit gesehen, einen Rat abzuhalten. Es ging aber nicht nur ernst zu. Schließlich neigen die meisten Geister zu allerlei Schabernack.

Es war also kaum verwunderlich, dass ordentlich über die Menschen gelästert wurde.

Vor allem die Stadtgeister wussten einiges zur ausgelassenen Stimmung beizutragen, indem sie über die Städter erzählten.

„Manche steigen ja nicht mal ins Auto, um durch euren Wald zu brausen", so erzählte der eine. „Sie bewegen sich überhaupt nicht selbst, sondern gucken nur anderen zu, wie diese es tun."

„Ja", sagte ein anderer, „und dann sind sie ganz aufgeregt, schreien und zappeln herum. Den Sinn davon habe ich aber noch nicht verstanden."

„Na ja", meinte ein weiterer älterer Stadtgeist, „DIE machen den Wald dann wenigstens nicht kaputt."

„Ihr solltet wirklich mal hier sein", sagte ein anderer Waldgeist, „wenn es hier richtig zur Sache geht. Manche von diesen Menschen verkleiden sich offenbar, wenn sie auf ihre Fahrräder steigen. Sie kommen abends in der

Dämmerung her und setzen sich dunkle Scheiben vor die Augen. Ich glaube, das ist ein Ritual, um Geister abzuschrecken."

Die Geister kicherten.

„Aber die meisten von ihnen glauben doch gar nicht an Geister?", fragte der nächste.

Es war einen Augenblick still.

„Vielleicht hat es mit dem Teufel zu tun. An den glauben die meisten", meinte der Stadtgeist. „Wir sollten wirklich darüber nachdenken, wie wir die Menschen wieder zur Vernunft bringen. Sie stören ja nicht nur euch hier und den Wald, sondern auch uns Stadtgeister. Wenn die Menschen nicht an uns glauben, müssen wir sie mit dem Teufel erschrecken – auch wenn es ihn nicht gibt."

„Bist du da sicher?", fragten einige.

„Na, hast du ihn denn schon mal getroffen?", fragte der Stadtgeist. „Ich bin schon alt, viel herumgekommen und habe vieles gesehen – dem Teufel bin ich noch nicht begegnet."

„Aber warum glauben denn dann so viele Menschen an ihn?"

„Weil sie etwas zum Fürchten brauchen", antwortete er. „Ich glaube, die Menschen wissen ganz genau, dass sie sonst noch mehr außer Rand und Band geraten würden."

Eine ernste und bedrückte Stimmung hatte sich ausgebreitet. Den Menschen schien kaum zu helfen zu sein – so widersinnig, wie sie sich verhielten.

„Ach", sagte da eine uralte Waldgeistin. „Manchmal wünschte ich, ich müsste mich mit diesen Dingen nicht mehr abgeben. Früher, wisst ihr, waren sie auch schon verrückt, aber nicht so sehr wie heute. Als ich jünger war und noch Zauberkräfte hatte, habe ich manchen Menschen aus meinem Revier vertrieben, indem ich ein stinkendes Kraut direkt vor seinen Füßen aus dem Boden gehext habe. Es stank so sehr, dass die meisten sofort umgekehrt sind und ich wieder meine Ruhe hatte."

Sie lachte leise in sich hinein. Auch die anderen Geister schmunzelten.

„Ich kann mich erinnern", erzählte der alte Stadtgeist, „dass sogar ich zunächst erschrocken war, als ich dich besuchen wollte und es im Wald plötzlich so stank, weißt du noch?"

„Ich hatte gerade einen ungebetenen Gast vertrieben", meinte die Alte etwas verschämt. „Über deinen Besuch habe ich mich sehr gefreut."

Viele schmunzelten, weil sie über die Liebesgeschichte der beiden Bescheid wussten. Eine gewisse erotische Brise hatte sich ausgebreitet.

Dann aber besannen sie sich und kehrten zu ihrem eigentlichen Anliegen zurück.

Was konnten sie tun, um Einfluss auf die Menschen zu nehmen?

„Die Idee mit dem Zauberkraut ist doch gar nicht schlecht", sagte da einer.

„Es müsste dann auch noch unheimlich aussehen und dazu – na ja – ‚teuflisch' stinken – ein Teufelskraut müsste es sein."

Ja, das war's – sie brauchten ein Teufelskraut! Und immer, wenn es ihnen zu bunt werden würde mit all dem Lärm, könnten sie es aus dem Boden hexen, um die Menschen aus dem Wald zu jagen.

Aber die alte Waldgeistin hatte ja bereits davon gesprochen, dass sie über keine Zauberkräfte mehr verfügte. Und auch sonst war kein Geist zugegen, der etwas über diese Kunst zu sagen wusste.

Sie beschlossen, nach diesem alten Wissen zu suchen und sich umzuhören, ob es nicht irgendwo jemanden gab, der es anzuwenden wüsste.

Einige Stadtgeister scherzten und erzählten, dass die Menschen es auch immer so machten: Sie versammelten sich, redeten pausenlos über ernste Dinge, fühlten sich wichtig und beschlossen dann, erst mal nichts zu unternehmen. Aber bei den Geistern war es ja glücklicherweise etwas anderes. Alle würden versuchen, Wege und Mittel zu finden, um die Menschen wieder halbwegs zur Vernunft zu bringen.

Wer weiß, vielleicht kann man in manchem Wald bald schon auf das teuflisch stinkende Kraut treffen, das die Geister aus dem Boden wachsen lassen, um uns Menschen in unsere Grenzen zu weisen.

Vom Wettermacher

Auf der Erde war das Wetter in Unordnung geraten. Das geschieht von Zeit zu Zeit, aber niemand kennt mehr den, der dafür zuständig ist. Vor Jahren jedoch wussten viele, dass irgendwo ein Wettermacher lebt, der Schuld war, wenn es auf der Erde nicht mehr klappte mit dem Wetter.

Als es immer ärger wurde, hörte man viel Gemurre in den Straßen und Häusern. Vor lauter Unzufriedenheit hörten manche auf, ihr Brot verdienen zu gehen. Die Könige verschliefen ihre Regierungsgeschäfte, Schulen blieben geschlossen, das Leben schien still zu stehen. Dafür wurden die Stimmen immer lauter, dass jemand zum Wettermacher gehen müsse, um ihn zur Ordnung zu rufen. Nur blieb es bei leeren Worten, denn den Weg dorthin hatten die Menschen alle längst vergessen.

In einem Land war es lange kalt gewesen, sodass selbst der König zu frieren begann, obwohl er genügend Holz in seinem Schloss hatte. Ganz grimmig war der König schon, als ihm endlich eine gute Idee kam. Er wollte demjenigen eine Belohnung versprechen, der den Weg zum Wettermacher finden würde. Eines Tages schallte es von allen Türmen der Hauptstadt, dass jeder Bürger und jede Bürgerin zu dieser Tat aufgefordert sei. Doch konnten viele die Aufgabe nicht lösen und kehrten unverrichteter Dinge wieder heim. Der König wurde immer ungeduldiger, denn jetzt herrschte in seinem Reich große Hitze.

Eines Tages kam ein junger Mann auf den Gedanken, in den Wald zu gehen und bei den Elfen nachzufragen, wie man zum Wettermacher gelange. Sogleich machte er sich auf den Weg, und bald befand er sich mitten in einer Wildnis. Am Abend rastete er auf einer Lichtung. Er schnitzte sich eine Flöte, mit der er die Elfen anlocken wollte. Aber als er auf ihr zu spielen begann, war außer seinen Melodien nichts zu hören, und nicht eine Elfe erschien. Traurig und müde legte er sich zum Schlafen. Im Traum hörte er leise Stimmchen, und als er die Augen öffnete, sah er, dass die Lichtung voll mit Elflein war. Als diese ihn entdeckten, wollten sie fliehen, aber er rief ihnen zu, dass sie sich nicht vor ihm zu fürchten brauchten. Er habe nur eine Frage an sie. Da Elfen sehr neugierig sind, verloren sie gleich ihre Furcht und fragten, was er denn wissen wolle. Er erzählte ihnen von seiner Suche nach dem Wettermacher, der im ganzen Land für Durcheinander und Unfrieden sorge. Die Elfen stimmten ihm zu, denn auch sie litten unter den Unbilden des Wetters. Den Weg zum Wettermacher wüssten sie aber auch nicht. Vielleicht könnte er beim Wassermann nachfragen. Sie selbst trauten sich nicht zu ihm, denn er sei ein Grobian. Aber ein richtiges Mannsbild, wie er es sei, sei dem grünen Raufbold ganz bestimmt gewachsen. Der junge Held beschloss, sich gleich am nächsten Tag auf den Weg zum See zu machen. Es war nicht mehr weit, und am Ufer angekommen, rief er laut nach dem Wassermann. Bald tauchte der auf und fragte unfreundlich: „Wer schreit denn hier so?" „Ich", sagte der Jüngling. „Ich möchte zum Wettermacher, und die Elfen im Wald meinten, du wüsstest den Weg zu ihm."

„Zum Wettermacher, sieh an", brummte der andere. „Der ärgert mich auch schon seit einer ganzen Weile. Könnte ich aus meinem See heraus, wäre ich schon längst zu ihm auf den Berg gestiegen, um ihm meine Meinung zu sagen. Nicht zum Aushalten ist es hier geworden."

„Aber wo kann ich ihn finden", fragte der Wanderer vorsichtig. Er wollte den Wassermann nicht erneut verärgern.

„Ach, was weiß denn ich", meckerte dieser. „Da oben auf seinem Berg hockt er und macht ein Wetter, dass einem die Lust am Leben vergeht."

Es war ein hoher Berg, der hinter dem See aufstieg. Und doch beschloss der tapfere Geselle, hinaufzusteigen. Nach drei Tagen erreichte er den Gipfel. Oben angelangt rief er nach dem Wettermacher. Bald erschien ein altes hutzeliges Männlein, ganz gebeugt von einem langen Leben. Hätte er nicht so viel Ärger über die Menschen gebracht, man wäre vor Mitleid vergangen. Der Wanderer aber erinnerte sich an das Durcheinander in seinem Land und nahm den Alten gehörig ins Gebet. Dieser sprach: „Ach,

Bursche, nun hör' schon auf zu toben; ich habe es nicht absichtlich getan. Mein Sohn, dieser Wicht, hätte schon längst meinen Dienst übernehmen sollen, aber blind und taub vor Liebe ist er auf die Suche nach seinem Mädchen gegangen, das fortgelaufen war. Ich selbst sehe nicht mehr recht, und so mische ich wohl manchmal ein wenig von diesem oder jenem nicht ganz richtig ins Wetter. Ich merke wohl, dass es in der Wetterküche mal merkwürdig riecht, aber erkennen kann ich mein Versehen nicht. Wenn nur mein Sohn bald wieder kommt, dann wird es wieder besser bei euch da unten; das verspreche ich."

Da fragte der Jüngling, wo er denn den Sohn suchen könne, damit der bald wieder seine Arbeit hier auf dem Berg täte. Das wusste der Alte nicht, aber vielleicht könne ja er lernen, das Wetter zu mischen, und es so lange tun, bis sein Sohn wieder zurück sei. Erst hatte der Junge dazu gar keine Lust, aber der Wettermacher versprach, ihn reich zu belohnen, also war er einverstanden. Sogleich begann der Greis, ihm alles zu erklären, und obwohl er doch fast nichts mehr sah, war er ein guter Lehrer. Auch sein Schüler war flink im Lernen und fand großes Gefallen an seinem Tun.

Die Wochen vergingen, aber der Sohn des Alten kehrte nicht von seiner Reise zurück. Aber das war nicht weiter schlimm, da wieder jemand auf dem Berg war, der seine Arbeit liebte. Unten auf der Erde hatten sich die Gemüter beruhigt, und alles hatte wieder seine Ordnung bekommen. Das öffentliche Leben war so, als hätte es nie geruht. Nur der König wunderte sich, dass niemand kam, um sich die Belohnung abzuholen.

Nach Jahren und Jahrzehnten kam ein Greis ins Land und ging an den Hof des Königs. Dort ließ er ausrichten, er habe nun viele Jahre als Wettermacher gedient. Jetzt sei er alt und würde nicht mehr lange leben. Der König solle sich um einen Nachfolger kümmern, wenn er nicht wolle, dass es irgendwann kein Wetter mehr gäbe, denn dann würde die Welt untergehen.

Der Berg der Wahrheit

Es war einmal ein Berg, der stand seit vielen Jahren und Jahrtausenden an seinem Platz. Vieles wurde über ihn erzählt. Es hieß, es sei der Berg der Wahrheit. Wenn sich jemand zu ihm wage, müsse er sterben, und niemand würde den Toten je finden.

Auch den Kindern wurde gedroht, wenn sie nicht brav seien, würden sie vom Berg geholt. In den Dörfern herrschte eine gedrückte und bösartige Stimmung und nur selten hörte man Lachen.

Eines Tages kam eine Frau in eines der Dörfer und bat um eine Unterkunft für kurze Zeit. Sie sei auf der Durchreise und von ihrem langen Marsch sehr erschöpft. Die Dorfbewohner waren stolz, sie zu beherbergen, denn sie war eine vornehme Erscheinung und würde sicher gut bezahlen. Am Tag ihrer Ankunft war jedoch nichts von ihr zu erfahren, denn sie ging gleich schlafen. Die Leute rätselten, was sie in diese unwirtliche Gegend verschlagen haben mochte.

Am nächsten Morgen versuchte die Wirtin auch gleich, ihren Gast ein wenig auszufragen. Obwohl die kluge Frau merkte, dass es reine Neugier war, begann sie zu erzählen.

Sie käme aus einer Stadt, in der viel über Glaube und Aberglaube gesprochen würde. Jemand habe von dem Berg der Wahrheit gehört, und es sei ein heftiger Streit darüber entfacht, was es damit auf sich haben könnte. Aber niemand außer ihr sei zur Reise hierher bereit gewesen, auch die nicht, die bezweifelten, dass es den Berg der Wahrheit wirklich gäbe.

Die Wirtin war sehr beeindruckt von den Worten der Fremden und fragte, woher sie käme. Sie staunte, in welchen fernen Gegenden man von dem Berg wusste.

Bald brach die Reisende wieder auf. Sie entlohnte die Wirtin reichlich und verabschiedete sich. Am Abend hatte sie den Fuß des Berges erreicht. Da er aussah wie alle anderen Berge auch, hatte sie keine Angst, dort zu übernachten. Durch die Sonne des Tages war der Stein warm, so wurde es eine gute Nacht.

Am nächsten Tag ging sie umher, um einen Aufstieg zu finden. Als sie eine Weile gesucht hatte, stieß sie auf seltsame Steine, die zu ihrem Schrecken wie versteinerte Menschen aussahen, die hier und da herumstanden. Ob es Leute waren, die für ihre Lügen bestraft worden waren, indem sie sich in Stein verwandelt hatten? Zum ersten Mal begann sie sich zu fürchten. Über ihre Entdeckung war es Nachmittag geworden und für einen Aufstieg zu spät. Die Frau beschloss, sich noch ein wenig umzuschauen und sich für eine weitere Nacht einzurichten. Als sie um den Berg herumgegangen war, entdeckte sie einen Eingang und überlegte, ob sie gleich hineingehen sollte. Aber sie war zu müde und wollte ausruhen. Ohne es zu ahnen, hatte sie genau das Richtige getan. Am nächsten Morgen wurde sie von einer Stimme geweckt: „Oh, ich habe einen Gast. Einen lebendigen Gast, was für eine Freude." Als die Frau ihre Augen öffnete, sah sie einen lächerlich kleinen Zwerg, der aufgeregt um sie herum sprang. „Guten Morgen, guten Morgen", rief er. „Guten Morgen", erwiderte sie freundlich und belustigt über das zappelige, kleine Wesen.

„Komm frühstücken", lud der Kleine sie ein, „wie lange habe ich nicht mehr einen so lebendigen Besuch gehabt."

Der Reisenden fielen die versteinerten Gestalten ein und der Grund, warum sie hier war. Trotzdem nahm sie die Einladung des Zwergs an. Vielleicht könnte er ihr etwas über den Berg der Wahrheit erzählen. Eine Weile saßen sie zusammen und aßen, dann fragte der Gnom: „Nun erzähle, was du hier suchst. Du bist doch nicht zufällig hier?"

„Nein", antwortete sie, „der Berg der Wahrheit ist es, zu dem ich möchte. Gestern konnte ich nicht mehr weiter. Auch haben mich die steinernen Gestalten erschreckt. Wem widerfährt ein solches Schicksal?"

Der Zwerg lachte, als habe sie einen Scherz gemacht. Verwundert sah sie ihn an. „Aber nein, hier muss niemand mehr den Tod finden. Die Steinmenschen habe ich selbst gemacht, damit niemand leichtsinnig auf den Berg steigt. Es ist sehr gefährlich, und viele haben sich früher zu Tode gestürzt, weil sie sich nicht warnen ließen."

Erstaunt hatte die Frau zugehört. So war es ja bei den meisten Bergen, dass man abstürzen konnte. Sie fragte, ob das ganze Gerede um den Berg der Wahrheit erfunden sei. Der Zwerg wurde sehr ernst.

„Du bist wirklich beim Berg der Wahrheit", erwiderte er. „Und eine große Prüfung hast du bestanden, weil du nicht darauf los gesucht hast, ohne Ruhe und Kraft geschöpft zu haben. Es ist eine Freude, dass du gekommen bist und bereit warst, den rechten Zeitpunkt abzuwarten. Wärest du auf den Berg gestiegen, du hättest den Tod gefunden, aber keine Wahrheit. Es ist sehr gefährlich." Beide schwiegen eine Weile, dann fragte sie, ob sie denn in den Berg hinein müsse, um Wahrheit zu finden. Ein Lächeln huschte über das Gesicht des Zwerges. „Nein, du musst nirgendwohin. Wenn du heute heimkehrst, dann nimm nur eines mit: Du trägst deine ganze Wahrheit in dir, ganz so, wie der Berg das tut. Auch wenn du hier und da gelogen hast, ist es so. Mehr kann dir der Berg der Wahrheit nicht mitgeben, und ich glaube, für ein kurzes Menschenleben ist das eine ganze Menge."

Zum ersten Mal sah die Frau, dass der Zwerg uralt sein musste. Sie schaute in weise Augen und glaubte gern, was der Gnom ihr gesagt hatte. Zufrieden machte sie sich auf den Heimweg. Noch einmal rastete sie in dem Dorf, in dem sie bei ihrer Ankunft Gast gewesen war. Die Leute konnten es nicht fassen, dass sie ihr Abenteuer lebend überstanden hatte. Viel erzählte sie den Dorfbewohnern nicht. Nur dass niemand Angst und Schrecken über den Berg verbreiten solle, sagte sie ihnen. Er bestrafe die Menschen nicht für ihre Lügen. Und jeder, der es wolle, können den Berg und seinen Bewohner besuchen, wenn er nur ein wenig Zeit und Ruhe dafür hätte. Erst jetzt wurde ihr klar, dass die Wahrheit, die der Fels barg, der Zwerg selbst war. Das erzählte sie auch den Gelehrten in ihrer Heimat.

Dort entfachte der Streit aber nun erst recht! Hielt diese gebildete Frau sie zum Narren? Sie merkte, dass ihre Erzählung niemandem nützte. Trotzdem schrieb sie sie auf, und manche, die sie lasen, glaubten ihr. Als ihre Geschichte bis zum Dorf nahe des Berges der Wahrheit gelangte, freuten sich die Menschen dort. Schon seit diese tapfere Frau bei ihnen gewesen war, hatte sich die Stimmung verändert und war freundlicher und sorgloser geworden. Nie mehr würden sie sich so fürchten wie früher, aber es trauten sich dennoch nicht viele von ihnen zum Berg hin. Ein wenig glaubten sie noch immer, dass sie zur Strafe für ihre Schlechtigkeit in Stein verwandelt würden. Umso mehr freute sich der Zwerg, wenn einmal jemand den Weg zu ihm fand.

Der schlafende Wald

Vor langer Zeit lebte in einem Dorf ein Mann, den andere Leute stets etwas merkwürdig fanden. Er war schon sehr alt, und viele erinnerte er ein wenig an einen Baum. Groß und hager war er und stumm; niemals sprach er ein Wort. Schweigend saß er vor seinem Haus oder stand abends auf einem Hügel und sah der Sonne zu, wenn sie unterging. Die Dorfbewohner duldeten ihn, denn er war wohl seltsam, aber meistens freundlich.

Viele Jahre vergingen. Jüngere Generationen wuchsen heran, viele Alte waren gestorben. Der Greis lebte weiter stumm vor sich hin.

Die Kinder hielten sich gerne bei ihm auf, denn er ließ sie gewähren und schaute ihnen bei ihren Spielen zu. Eines Tages hörten die Kinder ein seltsames Brummen. Als sie sich umschauten, merkten sie, dass es der Alte war. Er war selbst erstaunt, dass er plötzlich wieder eine Stimme hatte. Sie war tief und hörte sich anders als andere Stimmen an, aber er redete in der gleichen Sprache wie sie. Die Kinder liefen davon und riefen im Dorf umher, was geschehen war. Immer mehr Leute hörten, dass der Alte wieder sprechen konnte. Sie versammelten sich vor seinem Haus und fragten, was geschehen war. Der Greis erzählte ihnen seine Geschichte.

Vor vielen Jahren lebte er in einem Wald. Damals war er ein Wurzelmännchen, bis eines Tages etwas Furchtbares geschah. Im Wald trugen zwei Menschenheere einen Kampf aus, und weil sie sehr wütend aufeinander waren, achteten sie nicht mehr auf den Wald mit allen seinen Bewohnern. Mitten im Kampf hieb einer der Krieger geradezu in den Stamm des Lebensbaums. In diesem Moment erstarrte alles Leben im Wald, denn ein verletzter Lebensbaum kann es nicht erhalten. Alles war tot. Für das Wurzelmännchen blieb nur noch, sich schleunigst in einen Menschen zu verwandeln und zu fliehen. Deshalb war er vor langer Zeit in dieses Dorf gekommen, um hier zu leben, nur seine Sprache würde so lange verloren bleiben, wie der Wald erstarrt sei.

Die Dorfbewohner fragten, was wohl geschehen sei, dass der Wald wieder erwachen konnte. Aber der Alte war müde und vertröstete sie auf den nächsten Abend.

Auch nachdem sich der Wurzelmann zurückgezogen hatte, unterhielten sich die Leute über das seltsame Ereignis. Niemand hatte gewusst, dass ein Wald in Schlaf versinken konnte, und kannte den Lebensbaum, der ja auch in ihrem Wald stehen musste. Sie waren neugierig, wie es weitergehen würde.

Am nächsten Abend fanden sich die Menschen wieder bei dem Alten ein. Lächelnd saß er da und freute sich über ihre Neugier. Sogar der Bürgermeister war gekommen, und dieser bat den Greis, weiter zu erzählen.

„Die Menschen sind wohl die merkwürdigsten Kreaturen dieser Erde. Sie können Wälder zum Einschlafen bringen, ihnen selbst geschieht dabei nichts. Aber so ein Wald hat eine große Anziehungskraft auf sie. Ich glaube, es liegt daran, weil die Menschen sonst kaum mehr zur Ruhe kommen. Darum wandern sie wieder und wieder durch die schlafenden Wälder." Der Alte stockte und schaute in die Gesichter der Leute.

Manche waren verärgert, weil der Greis nicht allzu viel von ihnen zu halten schien. Andere wurden ungeduldig, weil sie noch immer nicht wussten, wie der Wald wieder hatte erwachen können. Einige freuten sich darüber, etwas so Spannendes erzählt zu bekommen. Außerdem wirkte der Alte so freundlich, dass er bestimmt nicht böse oder verbittert war.

Er fuhr fort: „Es gehen viele Menschen durch den Wald und sind die einzigen wachen und lebendigen Wesen weit und breit. Ihr Atem fällt auf dieses oder jenes Pflänzchen oder Tier. Vielleicht findet einer der Menschen den Lebensbaum. Niemand weiß, wie er aussieht und wo er steht. Ich habe auch nie erfahren, welcher der richtige ist. Aber wenn der Baum endlich genügend Atem bekommt, kann er wieder aus seinem Schlaf erwachen."

Der Erzähler verstummte und schaute in enttäuschte Gesichter. Seine Zuhörer hatten gehofft, etwas ganz Großartiges zu hören, und nun war es so einfach.

Eines der Kinder fragte, was schöner sei, ein wacher oder ein schlafender Wald.

„Ich weiß es nicht", antwortete er. „Das ist für jeden anders. Die einen freuen sich an den Düften und Gesängen, an den vielen Farben eines wachen Waldes. Andere lockt die Stille und Eintönigkeit eines schlafenden. Aber so denken nur die Menschen. Für die Tiere und Pflanzen ist es ein großer Schreck, wenn sie plötzlich in Schlaf fallen. Es wäre viel besser, wenn sich die Menschen nicht gerade dort bekämpfen würden. Aber sie wissen natürlich nicht, was sie anrichten, wenn sie ausgerechnet den Lebensbaum verletzen. Ihr alle kennt die Geschichte jetzt und könnt sie weitererzählen."

Er verstummte. Es war spät geworden und die Leute gingen auseinander. Am Himmel leuchteten die Sterne, und bald kehrte Ruhe ein.

Am nächsten Morgen war der alte Mann verschwunden. Er kehrte zu seinen Wurzeln zurück. Aber er blieb vielen im Gedächtnis, obwohl er ihnen keine großen Wunder erzählt hatte.

Wer in den Wald ging, war gespannt, ob er wach oder schlafend sein würde. Waren Vogelstimmen und das Rauschen der Blätter zu hören, freuten sie sich, denn bei ihnen sollte ganz bestimmt niemand den Lebensbaum verletzen. Er sollte wach und lebendig bleiben wie sie selbst.

Über die Seelen

Als es noch Hexen und Feen gab, lebte einmal eine Frau im Wald in der Nähe eines Dorfs. Die Leute sagten von ihr, sie sei eine Zauberin, da sie aus Wurzeln und Pflanzen merkwürdige Arzneien machen konnte. Oft hatten ihre Mittel Kranken geholfen, die der Dorfheiler längst aufgegeben hatte.

Kaum jemand fand aber den Weg zu ihr, da ihr Haus inmitten einer Wildnis und von einem großen Garten umgeben war.

So warteten die Leute meist ab, bis die Frau selbst einmal ins Dorf kam. Aber auch dann war ihnen seltsam zumute, wenn sie vor ihr standen, denn sie war von Kopf bis Fuß in Tücher gehüllt und von ihrem Gesicht waren nur die Augen zu sehen.

Da geschah es, dass eine Dorfbewohnerin sehr krank wurde, und niemand konnte ihr helfen. Also wurde die Tochter in den Wald geschickt, um nach der Kräuterkundigen zu suchen.

Das Mädchen beeilte sich sehr, da es Angst um seine Mutter hatte. Fast vergaß es, sich vor der Wildnis zu fürchten, und bald hatte es den Garten gefunden, in dem die Zauberin wohnen sollte. Es war mühsam, einen Weg hindurch zu finden, aber gerade, als das Kind gar nicht mehr weiter wusste, hörte es eine Stimme.

Es war die Frau, die vor einem Baum saß und sprach: „Lieber Baum, es ist so schwer zu leben. So gerne würde ich manchmal zu den Menschen gehen, ohne mich dabei zu verbergen. Es macht mich ganz traurig, was über mich geredet wird."

Der Baum antwortete: „Ich weiß, dass es schwer für dich ist, aber es geht nicht anders. Kein Mensch würde deinen Anblick ertragen, ohne deine Hüllen. Sie selbst haben verlernt, ihre Seelen im Gesicht zu tragen, und ihre wahren Wesen haben sie versteckt und fast schon vergessen. Es wird noch eine Weile dauern."

Beide schwiegen, und in die Stille hinein rief das Mädchen nach der Zauberin. Diese erschrak und antwortete: „Wer immer du bist, geh keinen Schritt weiter. Warte, bis ich bei dir bin."

Schnell wand sie ihre Tücher um und ging zu der Stelle, von der das Rufen gekommen war. Dort fand sie das Mädchen, das ihr verängstigt von der kranken Mutter erzählte, die um Hilfe bitten wollte.

Gleich machten sich beide auf den Weg, nachdem die Frau noch dieses und jenes aus ihrem Haus geholt hatte.

Der Kranken ging es auch wirklich bald besser, nachdem sie von den fremden Dingen gekostet hatte.

Aber als ihr das Kind erzählte, was es im Wald erlebt hatte, wollte ihre Mutter nichts davon wissen. Sie meinte nur, diese Frau sei wohl eine gute Heilerin, sonst aber ziemlich verrückt.

Das Mädchen dachte daran, was der Baum gesagt hatte, und merkte, dass auch ihre Mutter ihre Seele verloren hatte.

Da wollte es nochmals in den Wald gehen und seine Hilfe anbieten.

Eines Tages, als es Beeren sammeln sollte, suchte sie wieder den Weg zur weisen Frau, aber auch diesmal fand sie ihn nicht.

Plötzlich hörte es neben sich sagen: „Was suchst du hier, kleines Mädchen?"

Es sah sich um, aber niemand war da, außer dem Baum, der zu dem Kind sprach. Als es das gemerkt hatte, antwortete es: „Lieber Baum, ich war schon einmal hier, als meine Mutter krank war. Heute bin ich gekommen, um der Fee meine Dienste anzubieten, damit sie bald wieder zu den Menschen kann. Aber ich finde ihr Haus nicht."

„Du darfst nicht zu ihr; meine Königin schläft. Setz dich zu mir; ich werde dir sagen, was du tun kannst."

Das Mädchen lachte: „Wir könnten sie wecken, wahrscheinlich wacht sie sowieso bald wieder auf!"

„Sie wird wieder aufwachen, über Jahr und Tag. Es ist kein gewöhnlicher Schlaf. Sie hat zulange gewacht, um sich um die Seelen der Menschen zu sorgen. Du musst warten lernen."

Dem Kind wurde bange, aber es fragte dennoch leise, was es tun könne.

„Geh zu den Menschen und versuche, deine Seele im Gesicht zu tragen. Es wird dir nichts geschehen, denn du bist ein Kind und keine Gefahr für die Leute. Lausche auf die Sprache deines Herzens, und du wirst wissen, was du tun musst. Wenn du meine Worte jetzt noch nicht verstehst, versuche ihnen zu vertrauen. Dadurch wirst du weise werden. Wenn es Zeit ist, wird meine Königin dich rufen. Nun geh."

Voller Zweifel machte sich das Mädchen auf den Heimweg. Es sammelte sein Körbchen voll mit Beeren, und bald war es wieder bei der Mutter.

Die merkte, dass ihr Kind sich sehr veränderte; die Worte des Baumes begannen, Wurzeln in ihr zu schlagen. Es war etwas in dem Mädchen, das die Leute unsicher machte und ärgerte, aber sie konnten nichts dagegen tun. Zu schimpfen, erschien lächerlich, denn in ihm schien sich alle Weisheit des Lebens zu spiegeln. Aber viele konnten den Blick des Kindes nicht ertragen und wandten sich ab.

Die Zeit verging, die weise Frau war nie wieder aus dem Wald gekommen, und die meisten hatten sie vergessen.

Nach einem Jahr machte sich das Mädchen wieder auf den Weg zu ihr, und diesmal musste es nicht suchen. Die Königin der Seelen erwartete es lächelnd – und ohne ihre vielen Tücher. Sie gingen zusammen zum sprechenden Baum, um sich von ihm zu verabschieden. Er habe sich sehr über das Kommen des Kindes gefreut, und nun könne er endlich ausruhen, weil sie seine Hilfe nicht mehr bräuchten. Und wirklich schien er die Augen zu schließen und einzuschlafen.

Das Mädchen fragte, was sie jetzt tun solle, in ihrem Dorf habe sich noch gar nichts verändert. Die Frau lachte und antwortete: „Für ein Jahr hast du mir die Last abgenommen, an der ich getragen habe. Lange habe ich gewartet, bis jemand kam, der noch eine lebendige Seele hat.

Du hast auf die Worte des Baumes gehört und bist weise geworden, obwohl du den Sinn seiner Rede nicht verstehen konntest. Die Menschen in deinem Dorf haben gemerkt, wie du dich verändertest. Für sie wird es noch ein langer Weg sein, zu sich selbst zu finden, doch das ist nicht deine Aufgabe. Aber wir werden zu ihnen gehen und erzählen, was geschehen ist. Du aber wirst lernen müssen, dich zu schützen. Ich werde dich lehren, was du tun musst, damit es dir nicht so ergeht wie mir.“

Und sie erzählte, dass sie schon erwachsen war, als sie zu ihrer Seele zurück gefunden hatte. Da sie aber nicht gut aufpasste, wurde sie verletzlich und mit der Zeit sehr krank. Das einzige Heilmittel, das es gab, verdammte sie dennoch dazu, im Verborgenen zu bleiben. Erst wenn die Menschen um sie herum selbst wieder begonnen hätten, nach innen zu schauen, könnte sie selbst erlöst werden. Das Kind sei der erste Mensch gewesen, der das gewagt habe, und jetzt könne auch sie sich den anderen wieder zeigen.

Die beiden gingen ins Dorf und sprachen ein wenig davon, was sich ereignet hatte. Viele glaubten, es mit zwei Verrückten zu tun zu haben. Einige wurden neugierig und wollten mehr erfahren. Wenige begannen selbst, nach ihrer Seele zu suchen und fanden wahre Schätze. Für die weise

Frau war ein Traum in Erfüllung gegangen. Und der Baum, der so treu und lange gewartet hatte? Er war glücklich, als er erwachte und erfuhr, was sich in der Zwischenzeit ereignet hatte. Eine weitere Ewigkeit blieb er an seinem Platz stehen, um für die verborgenen und vergessenen Seelen der Menschen zu hoffen.

Sonnenmärchen

Es war schon spät. Die Nordsonne stand noch am Himmel, aber sie war müde.

Auf der Nordhalbkugel war Sommer, und so hatte die Nordsonne alle Hände voll zu tun und musste von früh morgens bis spät abends Licht und Wärme auf die Erde hinunterschicken. Ach, wie sehnte sie sich nach dem Winter, und wie beneidete sie ihre Schwester im Süden, die gerade immer nur kurz aufstehen musste!

Der Mond war auch schon aufgegangen und begann, sein silbernes Licht zu verbreiten. Als er die schlecht gestimmte Nordsonne sah, lächelte er, aber er machte sich auch große Sorgen. Wie sollte es auf der Erde und all den anderen Planeten werden, wenn die alte Sonne noch müder und schwächer würde?

Höchste Zeit, dachte der Mond, der Südsonne über ihre Schwester zu berichten.

Es war nämlich so: Zu der Zeit, als sich all dies begab, teilten sich die beiden Sonnengeschwister die Arbeit, damit die Erde und die anderen Planeten und Sterne drumherum gut mit Wärme und Licht versorgt wurden.

Der Mond aber zog gleichmäßig seine Bahnen um die ganze Erde, so wie dies die anderen Monde um ihre Planeten auch taten. Nur hin und wieder machte er eine kleine Pause, um seine Mondgeschwister zu treffen und Neuigkeiten auszutauschen. Dann sah man den Mond für kurze Zeit nicht am Himmel stehen. Allerhöchste Zeit für die Monde, über die Nordsonne zu beraten!

Diese hatte gerade ihre letzten abendlichen Strahlen auf die Erde geschickt, sank erleichtert in ihr Wolkenbett und schlief sofort tief und fest ein.

Am nächsten Morgen blieb es dunkel auf der Erde.

Der Mond aber traf auf seiner Reise um die Erde die Südsonne, die unruhig auf ihrem Winterlager ruhte. Irgendetwas stimmte nicht – das hatte sie auch gespürt. Der Mond setzte sich an ihr Bett und erzählte von der Sonnenschwester im Norden. Sie erschrak! Die arme Erde! Sie brauchte doch Wärme und Licht zum Gedeihen!

"Höre", sagte die Südsonne zum Mond, "meine Schwester ist viel älter als ich, und vielleicht sollte sie nur noch im Winter scheinen. Dann kann sie mehr ausruhen, ohne dass die Erde zuwenig von uns abbekommt. Ich selbst wollte schon längst mal in den Norden; dann werde ich eben die Sommersonne und schlafe weniger."

Der Mond war skeptisch. Wie sollte eine einzige Sonne die Erde und die anderen Planeten mit Sommerwärme und -licht versorgen? Er versprach aber, zur Nordsonne zu gehen und ihr den Vorschlag zu unterbreiten.

Als er bei ihr ankam, war diese wieder erwacht und schickte ihre Strahlen etwas missmutig zur Erde. Aber immerhin tat sie es, wenn auch unordentlicher als sonst.

Das Leben auf der Erde ging weiter.

Als sie sich abends wieder in ihr Wolkenbett sinken ließ und gerade einschlafen wollte, setzte sich der Mond zu ihr und erzählte ihr von der Begegnung mit ihrer Schwester.

Ah, welche Freude! "Dann muss ich nur noch Wintersonne sein?", fragte sie erleichtert. "Dann kann ich ja viel länger schlafen! Meine Schwester ist noch jung, die schafft das schon!"

So kam es, dass die beiden Sonnen alle paar Monate die Plätze tauschten, eine schien als Sommersonne, eine als Wintersonne. Die Sommersonne war unermüdlich unterwegs, aber es kam, wie es kommen musste. In manchen Teilen der Erde wurde es kälter als früher, einige wurden völlig zu Eis.

Die Menschen mummelten sich fest in ihre Felle ein und die Tiere legten sich dicke Pelze zu. Mancherorts schickte sie auch zuviel Wärme hinunter, sodass es heiß und trocken wurde. Dadurch ist die Erde heute so, wie sie ist. Irgendwann wird die Wintersonne ganz aufgehört haben zu scheinen – man sieht nur noch eine Sonne am Himmel scheinen und strahlen.

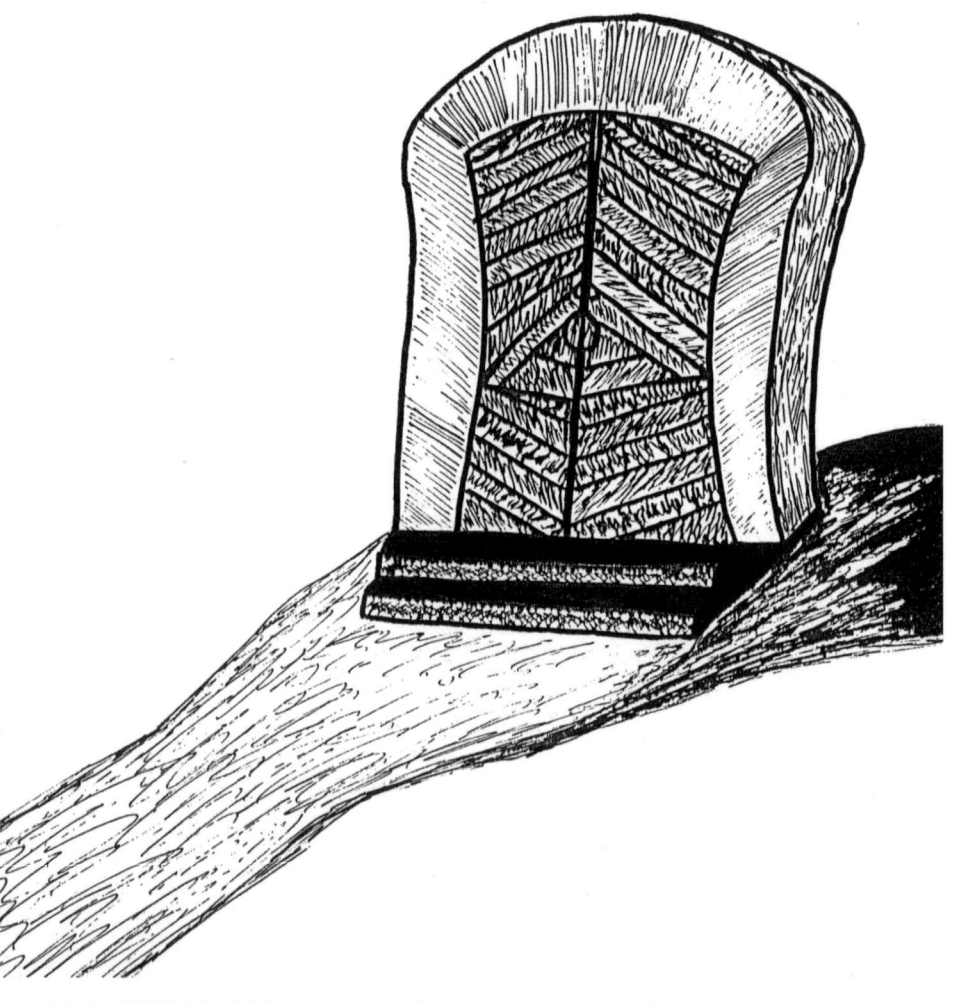

Der letzte Weg

Es lebte einmal eine alte Frau allein in ihrem Haus und war des Lebens recht müde geworden. So alt war sie, dass viele ihrer Nachkommen schon vor ihr gestorben waren.

Eines Tages beschloss sie, dass es an der Zeit sei, sich auf ihren letzten Weg zu machen. Sie nahm nichts mit und ging davon. Als sie eine Weile gegangen war, fühlte sie sich immer unbeschwerter, und das Gehen fiel ihr immer leichter. Bald war ihr, als hätte sie ihr Ziel erreicht. Sie stand vor einem großen steinernen Tor, aber als es sich nicht öffnen ließ, überkam sie große Müdigkeit und alle Gedanken und Gefühle waren wie ausgelöscht. Plötzlich, als nichts als eine große Leere in ihr war, öffnete sich das Tor. Sie trat ein und gelangte in ein riesiges Gewölbe aus Stein, das vor Licht, Farbe und Wärme nur so strahlte. Ganz versunken in den Anblick hörte sie eine Stimme: „Wer bist du?", fragte eine Gestalt, die nicht Mensch, nicht Tier war und sie von einem steinernen Sockel herab freundlich anblickte. Aber da die Frau nicht denken und fühlen konnte, wusste sie keine Antwort. Da wurde ihr über die Augen gestrichen, und sie versank in tiefen Schlaf. Als sie wieder erwachte, sprach das fremde Geschöpf zu ihr: „Hör zu, alte Frau. Du bist an einem Ort, an dem du dich von deinem langen Leben ausruhen kannst. Dazu musst du alle Last aus deinem Erdendasein hinter dir lassen, und ich merke, dass du schwer daran trägst."

Die Alte antwortete: „Ich weiß nicht, ob ich hier sein darf, denn ich war nicht immer gut in meinem Leben. Manches Mal habe ich gehasst, diesen oder jenen Menschen aus Bosheit vertrieben und Schuld auf mich geladen, von der ich heute nichts mehr weiß. Hier scheint alles gut zu sein; wie könnte ich hier willkommen sein?"

„Ach, ihr Menschen", antwortete das fremde Wesen, „kaum seid ihr fort von eurem Erdenleben, schon wollt ihr Götter sein. Niemand ist ohne Schuld, der hierher kommt. Aber ein heiles Herz musst du haben."

„Ein heiles Herz?", fragte die Frau, „wie sollte mir das gelingen?"

Die Gestalt sah sie nachdenklich an und sprach: „Gehe deinen letzten Weg hier weiter, Menschenkind. Auf deiner Reise wird es fünf Tore geben. Durch eines dieser Tore musst du hindurch, um dich zu heilen. Aber lass dich warnen. Gehst du durch das falsche Tor, wird es eine lange Zeit des Suchens für dich geben, bis du zurückfindest."

Sie zeigte der Alten den Weg zu den Toren. Es war nicht weit, aber die Aufgabe lastete schwer auf ihr. Was würde geschehen, wenn sie das rechte Tor nicht finden konnte? Sie sah sich die fünf mächtigen Bauwerke an, die sich alle voneinander unterschieden. Eines war aus Gold, eines aus Silber; die anderen Tore waren aus Blei, aus Holz und aus Glas.

Die Frau setzte sich und dachte nach. Das goldene Tor konnte es nicht sein, denn so war ihr Leben nie gewesen. Vielleicht aus Blei? Nein, so schlimm war es auch nicht. Sie ging alle Tore durch, dann stand sie entschlossen auf und ging auf das gläserne Tor zu. So war es gewesen, und so hatte sie sich oft gefühlt, kalt und hart wie Glas und doch so zerbrechlich.

Als sie ganz nah ans Glastor heran gegangen war, zerbarst es in abertausend Stücke, aber nicht der kleinste Splitter konnte sie verletzen, denn sie hatte genau das Richtige getan und sich selbst erlöst.

Glücklich machte sie sich auf den Rückweg. Hinter ihr entstand das Tor aufs Neue für einen anderen Suchenden auf seinem letzten Weg.

Ihre Reise war vorüber, und das Geschöpf im steinernen Gewölbe freute sich, als die alte Frau von den fünf Toren zurückkehrte. In seinem Reich durfte sie von ihrem langen Leben ausruhen.

Wie es dort ist und wie lange man bleibt, weiß niemand. Vielleicht gibt es im steinernen Gewölbe nur für eine Zeitlang einen Platz zum Verweilen, und die alte Frau hat sich wieder auf den Weg gemacht; diesmal vielleicht gewandelt und nicht mehr kalt und zerbrechlich, nachdem sie sich ihres früheren Wesens bewusst geworden war. Das aber bleibt ein Geheimnis.

Der Traumgeist

Hoch in den Wolken lebte ein Geist und wachte über die Träume der Menschen. Oft war er betrübt, denn viele wollten von ihren Träumen nichts mehr wissen. Sie brüsteten sich sogar damit, niemals zu träumen, aber der Geist wusste es besser, denn alle unbemerkten und ungeliebten Träume fanden ihren Weg zu ihm, und er hob sie sorgfältig auf.

Manche Träumer erinnerten sich sehr gut, aber sie schämten sich ihrer Tag- und Nachtträume und erzählten niemandem davon.

Einmal war da eine Frau, die ein gutes Leben hatte, aber immer träumte sie, was sie alles besitzen könnte, um noch besser zu leben. Oft vergaß sie ihren wahren Besitz, erträumte sich wahre Schätze und schämte sich sehr dabei. Darauf bekam sie ein schlechtes Gewissen, schenkte vieles ihrer Habe an andere Menschen – und träumte umso mehr von neuen Dingen, die sie kaufen könnte.

Der Traumgeist sah sich das eine Weile an, und obwohl er begann, sich um die Träumerin Sorgen zu machen, musste er oft darüber schmunzeln, was sie durch ihre Träume bei ihm anhäufte, ohne etwas davon zu ahnen. Denn alle Träume, die sie aus Scham aus ihrem Kopf vertrieb, fand der Geist am Morgen hoch oben bei sich in den Wolken.

Eines Nachts beschloss er, der Frau zu helfen, und als sie schlief, stieg er zu ihr hinab.

„Hör zu", sprach er zu ihr, „ich kenne dich nun schon eine ganze Weile und weiß, welche Not du mit deinen Träumen hast. Viele von ihnen hast du aus Scham vertrieben; ich aber habe sie für dich aufbewahrt. Du bist sehr reich." Nachdem er das gesagt hatte, verschwand er. Beim Erwachen konnte sich die Frau an jedes Wort erinnern. Sie wunderte sich sehr über diesen Traum, las in allen Büchern nach, ob es vielleicht einen Traumgeist gäbe, aber nirgends stand etwas darüber. Sie fragte den Lehrer, den Pfarrer und den Doktor, doch keiner hatte je etwas von einem Traumgeist gehört.

Der Lehrer meinte, sie solle sich besser mit der Wirklichkeit befassen, der Pastor riet ihr zur Beichte. Der Doktor empfahl ihr Ruhe und warme Bäder. Das alles wollte die Frau nicht, denn sie interessierte sich nur noch für ihren erträumten Reichtum, von dem der Geist gesprochen hatte. Der freute sich darüber und wollte sie nun zu sich holen, damit sie sich alles anschauen konnte. In der Nacht stieg er wieder zu der Schlafenden herab. „Komm nur", sagte er zu ihr, „heute sollst du deine Schätze sehen."

Als sie im Reich ihrer Träume war, schämte sie sich wieder sehr, denn es waren viele Dinge, die sie niemals in ihrem Leben brauchen würde. Schweigend stand sie da, als der Geist neben ihr erschien: „Ich weiß, wie es dir gerade ergeht. Aber du kannst dich auch freuen, wie viele schöne Dinge du in deinem Leben schon geträumt hast. Schau sie dir an, und wenn du wieder unten in deinem Leben bist, denke manchmal daran, welchen Reichtum du hier hast. Keiner deiner Träume wird je verloren gehen; ich werde sie alle für dich aufbewahren." Mit diesen Worten verschwand der Geist, und bald erwachte die Frau aus ihrem Schlaf. Sie fühlte sich wohl an diesem Morgen und begann den Tag anders und glücklicher als sonst.

Ihr Leben ging seinen Gang, und noch oft träumte sie von Dingen, die sie gerne hätte, aber sich nicht leisten konnte. Manchmal ärgerte sie sich sogar, dass sie nicht als Königin geboren worden war und sich bestimmt jeden Wunsch erfüllen konnte. Aber sie war doch froher als früher und dachte oft an den Traumgeist. Manchmal konnte sie spüren, wie sich ihre Träume zu ihm auf den Weg machten, denn die meisten wollte sie noch immer nicht selbst für sich aufbewahren. Dieser nahm ihre Träume fröhlich bei sich auf.

Jahre später war sie alt geworden. In der letzten Nacht ihres Lebens stieg der Traumgeist wieder zu ihr hinab und lud sie ein, noch einmal sein Reich zu besuchen. Dankbar folgte ihm die Frau, und bald stand sie vor dem großen Feld ihrer Träume. Nun kam sie sich wie eine wahre Königin vor, als sie all ihre Schätze sah. Zufrieden sah sie sich alles an, dann dachte sie, dass sie es nun hinter sich lassen würde.

Sie wandte sich dem Traumgeist zu und sprach: „Danke, dass du dein Versprechen gehalten und meine Träume für mich aufbewahrt hast. Jetzt ist mein Leben zu Ende, und auch alle Träume und der ganze Reichtum gehören der Vergangenheit an. Ich will von ihnen und von dir Abschied nehmen."

Der Geist sagte ihr daraufhin Lebewohl und begleitete sich zurück in ihre letzte Nacht, in der sie sich reich wie eine Königin gefühlt hatte und dennoch bereit war, ihre Traumschätze endgültig zurückzulassen. Er wusste es besser und war sicher, dass sie sich irgendwann wieder sehen würden. Denn diese letzte Nacht würde wohl etwas länger und dunkler für sie sein als andere Nächte, danach jedoch ..... aber wer kann darüber etwas wissen?

Die gläserne Stadt

Es war einmal ein Königssohn, der seinen Reichtum mit vollen Händen verschwendete und zum Fenster hinauswarf. Je mehr Geld er hatte, umso schneller gab er es aus. Seine Eltern, ein altes Königspaar, wollten ihm die Herrschaft über ihr Land nicht überlassen, also schickten sie ihn in die Fremde. Noch einmal versorgten sie ihn reichlich mit Geld, dann musste er Abschied nehmen. Natürlich gefiel es dem Königssohn nicht, wie er behandelt wurde, und er nahm sich endlich vor, den Menschen zu zeigen, dass er auch zu etwas taugte.

Er machte sich auf den Weg, und als er in eine Gegend kam, die ihm gefiel, stellte er sich am Königshof vor. Da er freundlich war, fand man an ihm Gefallen, und bald hatte er auch das Herz der Königstochter erobert. Da niemand ahnte, wie verschwenderisch er war, wurde bald Hochzeit gefeiert, und er hatte wieder ein Leben in Saus und Braus. Aber er hatte bald kein eigenes Geld mehr und konnte sich kein richtiges Schloss mit allem Prunk und Protz bauen. So kam er auf den Gedanken, sich eines aus buntem Glas zu machen. Seine Schwiegereltern waren sehr erstaunt darüber, aber der Jüngling erzählte ihnen, das sei so üblich in seiner Heimat. Alle Glasbläser der Stadt bliesen nun Glas für die Wände und Böden, für Möbel und Geschirr des neuen Schlosses. Nach einiger Zeit war alles fertig, doch ständig gingen Dinge zu Bruch, und nicht selten stieß man sich den Kopf an irgendetwas, wenn die Sonne sich im Glas spiegelte und man nicht richtig sehen konnte.

Die Frau des Königssohnes wurde krank vor Kummer, als sie nicht mehr in einem richtigen Schloss wohnte, denn Königstöchter sind sehr empfindlich. Bald lag sie nur noch in ihrem gläsernen Bett und grämte sich. Zu den Eltern konnte sie nicht zurück, denn das schickte sich nicht. Und, so traurig es auch war, die Königstochter hauchte vor Gram bald ihr Leben aus.

Ein Murren ging durch das Land, und niemand traute dem Königssohn noch etwas Gutes zu. Als das alte Königspaar gestorben war, hatte er dennoch alle Macht im Reich. Er befahl, dass die ganze Hauptstadt aus buntem Glas gebaut werden solle. So geschah es, aber immer mehr Menschen gingen heimlich fort, um anderswo ihr Glück zu suchen und ein besseres Leben zu führen. Trotzdem wurde die Stadt fertig und funkelte in bunter, gläserner Pracht, aber niemand freute sich daran. Immerzu zerbrach das Glas, niemand wagte mehr, sich richtig zu bewegen oder gar zu tanzen. Auch im Schloss ging vieles in Scherben, doch bald war niemand mehr da, der etwas Neues für den König machte. Eines Tages ging er in die Stadt, um die Bürger zur Arbeit zu rufen. Da sah er, dass die Gassen und Straßen kalt und verlassen waren.

Als der König merkte, was aus seiner Stadt geworden war, erschrak er sehr, ein solches Unglück über das Volk gebracht zu haben. Da er all seine Macht verloren hatte, beschloss er, stillschweigend zu verschwinden. Niemand hat je erfahren, wohin er gegangen ist, aber alle, die ihn gekannt hatten, sagten, dass sie auf einen solchen König gut verzichten konnten. Ob er arm oder reich wurde, als König oder Bettler endete, vielleicht irgendwo glücklich wurde? Keiner wusste es. Die Zeit verging, und allmählich zerfiel die gläserne Stadt. Nach jedem kleinen und großen Sturm war ein Teil verschwunden, und die Menschen waren froh darüber, obwohl sie soviel Mühe damit gehabt hatten, die ganz umsonst gewesen war.

Rotkäppchen – einmal anders

Es war einmal ein alter Wolf, der lebte allein in seiner Höhle im Wald. Seine Frau war gestorben, und auch seine Kinder waren längst groß und gingen ihre eigenen Wege. Traurig und einsam lag er da. Manchmal fiel sein Blick auf ein rotes Käppchen, das die Wölfin einmal im Wald gefunden hatte. Wie gut hatte es ihr gestanden, dachte der Wolf. Wenn sie es getragen hatte, nannte er sie zärtlich „Rotkäppchen".

Plötzlich wurde er aus seinen Gedanken aufgeschreckt. „Große Versammlung!", hörte er rufen. „Alle Tiere sind zu einer Versammlung und zu einem Fest eingeladen. Jeder darf kommen, der die anderen Tiere nicht auffressen will!"

Der Wolf war aus seiner Höhle gekrochen, um das Spektakel aus der Nähe zu sehen und zu hören, und war sehr beeindruckt.

„Große Versammlung", wurde wieder gerufen, „heute Abend bei den drei blauen Tannen!"

Er dachte nach. Vielleicht sollte er etwas Abwechslung haben und auch hingehen? Bald beschloss er, zur Feier des Tages sein Fell auf Hochglanz zu putzen, und er schmückte seinen Kopf mit dem roten Käppchen. Gleich fühlte er sich besser, weil er nun so schön war.

Dann machte er sich auf den Weg, da er sicher länger zu laufen hatte und nicht mehr besonders gut zu Fuß war.

Wie schlecht sind meine Augen geworden, auch riechen kann ich nicht mehr so gut wie früher, dachte er, als er nach dem richtigen Weg suchte.

Nach einer Weile fielen ihm trotzdem die schönen Blumen um ihn herum auf, und er lief zu ihnen hin, um sie genauer anzusehen und ihren Duft zu schnuppern. Als er weitergehen wollte, wusste er nicht mehr, aus welcher Richtung er gekommen war. „Ein Wolf verläuft sich nicht", murmelte er vor sich hin, aber leider hatte er wirklich den Weg verloren, und er schaute sich ratlos um.

Plötzlich hörte er eine Stimme. Er erschrak, denn es war eine menschliche Stimme, und Menschen haben Gewehre und mögen keine Wölfe. Aber wenn er Glück hätte, könnte er vielleicht nach dem richtigen Weg fragen. Er erblickte ein junges Mädchen, das es ziemlich eilig zu haben schien und das aus voller Kehle sang. Als es das wilde Tier bemerkte, wäre es vor Schreck am liebsten auf den nächsten Baum geklettert, aber dazu war es zu spät, denn sie standen schon ganz nah beieinander, und jedes versuchte, möglichst Furcht erregend auszusehen. Als das Kind das rote Käppchen auf dem alten Wolfsschädel erblickte, fing es aber an zu lachen, denn das sah ziemlich seltsam aus.

Beleidigt fragte der Wolf, was es zu lachen gäbe, er sei sehr gefährlich. Und wo das Mädchen denn hinwolle, so allein im Wald.

Das Kind hatte längst gemerkt, dass ihm keine Gefahr drohte, und antwortete: „Ich gehe zu meiner Großmutter, die krank ist und der ich ein bisschen Gesellschaft leisten will."

„Darf ich mitkommen?", fragte der Wolf. „Ich habe meinen Weg verloren, und auch ich sehne mich nach etwas Abwechslung."

„Du bist ein seltsames Tier", meinte das Kind, „statt nach Beute zu jagen und Angst und Schrecken zu verbreiten, verläufst du dich. Meinetwegen komm mit. Vor dem Haus meiner Großmutter musst du warten. Ich muss erst fragen, ob du ihr auch willkommen bist."

Der Wolf war einverstanden. Ein wenig graute ihm vor der Alten; schließlich hatte er selbst eine Großmutter gehabt. Die war streng gewesen, und selbst bei der bloßen Erinnerung an sie stellten sich seine Nackenhaare auf.

Inzwischen hatten sie das Haus erreicht. Das Mädchen klopfte, und eine Stimme forderte es auf, einzutreten.

Geduldig wartete der Wolf vor der Tür, als er lautes Geschrei hörte: „Was, ein Wolf? Bist du verrückt geworden? Er hätte dich fressen können! Ich hole mein Gewehr und werde ihn erschießen!"

Es gab ein mächtiges Gepolter, aber das hörte der Wolf nicht mehr. Voller Angst floh er zurück in den Wald. Wie konnte er – verwirrt durch seine Einsamkeit – auch nur einem Menschen trauen?

Als die beiden aus dem Haus traten, fanden sie nur noch das rote Käppchen, welches das Tier bei seiner Flucht verloren hatte. Das Mädchen wurde fast ein wenig traurig, als es sah, was von der merkwürdigen Begegnung übrig geblieben war.

In seine Höhle kehrte der alte Wolf nicht zurück. Und auch auf der Versammlung, zu der er eigentlich wollte, wurde er nicht gesehen. Wahrscheinlich hat er keinen der beiden Wege je gefunden.

Das Mädchen aber nahm das rote Käppchen mit, und ihren Kindern erzählte sie später, was sie im Wald auf dem Weg zu ihrer Großmutter erlebt hatte. Und oft sagte sie zu ihnen, dass vieles in ihrem späteren Leben ganz anders sein würde, als sie und ihre Mitmenschen es erwarteten.

Vom Lachen und vom Weinen

Eigentlich hatten die Menschen des Reiches, von dem hier erzählt wird, ganz genau die gleichen Sorgen und Freuden, wie es sie überall gibt, und doch lastete ein besonderer Kummer auf dem Hofstaat des Königs. Es war die Königin selbst, die so voller Traurigkeit war, dass jedermann in Gefahr war, sich daran anzustecken. Alle Koryphäen ringsum waren schon befragt worden, was dagegen zu tun sei, doch keiner wusste Rat. Es hieß, die Schwermut habe die Königin befallen, und da könne man nichts machen.

In Wirklichkeit lebte die Königin unter einem Bann, den ihre Mutter über sie verhängt hatte, als sie noch ein kleines Mädchen war, und der war leider zu stark geraten. Als kleine Prinzessin hatte sie nämlich gar nicht eingesehen, warum sie brav sein sollte. Keine Erziehungsmaßnahme half, also sprach die Mutter ihren Zauber aus, und das Kind wurde still und artig und sehr sehr traurig. Weil das Mädchen sich bald an gar nichts mehr in seinem Leben freuen konnte, hätte man den Zauber gern rückgängig gemacht, aber niemand verstand sich darauf.

Die kleine Prinzessin wuchs heran und wurde mit einem Prinzen aus der Nachbarschaft verheiratet, aber auch das half nicht, obwohl sie alles hatte, was sie sich wünschen konnte.

Eines Tages brach sie zu einem Spaziergang auf, um ein wenig Ablenkung zu finden. Sie ging durch die Gärten des Schlosses und war so in Gedanken versunken, dass sie sich plötzlich im Küchengarten wieder fand. Erstaunt schaute sie sich um, aber noch überraschter war ein Küchenjunge, als er die Königin wie abwesend zwischen Kräutern und Gemüse stehen sah. Er vergaß sogar zu grüßen, wie es sich eigentlich gehört. Der Königin war das gleich; sie bat ihn aber, ihr den Garten zu zeigen und alles, was darin wüchse.

Er zierte sich noch ein wenig, dann gehorchte er. Manches erkannte die Königin, aber als sie an einem Beet mit Zwiebeln standen, meinte sie, so etwas noch nie gesehen oder gekostet zu haben. Der Küchenjunge widersprach und erklärte, dass die Knollen nur in winzigen Mengen unter die königlichen Speisen gemischt würden, da sie scharf und bitter seien. Scharf und bitter? Die Königin wurde neugierig (sie war ja einst eine kleine, vorwitzige Prinzessin gewesen), nahm eine Zwiebel und folgte dem Burschen in die Schlossküche. Für ihn und die anderen Dienstboten war es eine Sensation, dass die Königin persönlich in der Schlossküche erschien, einzig und allein wegen einer Zwiebel. Ein wenig sonderbar war sie ja schon immer, aber dennoch.

Die Königin interessierte sich allein für die braune Knolle, nahm beherzt ein großes Messer, schnitt hinein – und gleich rollten dicke Tränen über ihr Gesicht. Als sie das merkte, begann sie erst recht zu weinen, und dann fing sie zu lachen an. Die Menschen um sie herum waren bestürzt, denn sie meinten, nun stehe es noch schlimmer um ihre Königin, bestimmt sei sie verrückt geworden.

Sie aber meinte, nein, niemand brauche sich mehr Sorgen zu machen. Gerade habe sie erfahren, wie es ist zu weinen. Und das sei so schön, dass sie darüber lachen müsse.

Der Bann ihres Lebens sei endlich zerbrochen – wegen ihrer Neugier und einer lächerlichen Zwiebel.

Erleichtert schauten alle sie an, und als sich herumsprach, was geschehen war, wurde ein Fest gefeiert. Für den Hofstaat wurde es leichter, mit den Sorgen und Freuden ihres Alltags fertig zu werden. Und oft waren es die kleinen unscheinbaren Dinge und Ereignisse, welche die Menschen zum Lachen und – seltener – auch zum Weinen brachten.

Suchland

Fernab von allen Ländern dieser Erde soll es eine Gegend geben, die Suchland heißt. Niemand weiß, wie man dorthin gelangt, aber manche haben davon gehört. Es sei ein großes Land, in dem es friedlich und schön sein soll, heißt es. Mehr weiß man nicht darüber, und so wird alles eine große Überraschung für den Mann gewesen sein, von dem hier die Rede ist.

Für nichts und niemanden interessierte er sich so recht, rastlos war er, und selten hatte es ihn in seiner Heimat gehalten. Ruhelos hatte er sich immer wieder auf den Weg in fremde Länder gemacht, ohne dass ihn zuhause jemand vermisste.

Einmal geriet er in ein großes, kaltes Gebirge und war bald so erschöpft, dass er nicht mehr weiter konnte. Fast meinte er, sein letztes Stündchen hätte geschlagen. Er suchte Schutz in einer Höhle, konnte aber keine Ruhe finden. Traurig dachte er, dass er nun wohl wirklich niemals mehr in seine Heimat zurückkehren würde, die er sonst immer gemieden hatte. Irgendwann schlief er ein, und er glaubte zu träumen, als er vom Boden aufgehoben und fort getragen wurde. Als er aufwachte, war er allein, doch das kalte Gebirge war auch verschwunden. Er befand sich in einer Ebene, die in sanftes Licht getaucht war. War er irre geworden und bildete sich alles ein? Er stand auf, sah sich um und wollte sich auf den Weg machen, aber wohin? Weder wusste er, wo er war, noch, wie er hergekommen war.

Ziellos streifte er umher. Die Gegend gefiel ihm, es war mild und alles lag in warmem Sonnenlicht. Fast meinte er, noch zu träumen. Nach einer Weile fand er Spuren, die menschlich schienen, und plötzlich stand eine dunkle Gestalt vor ihm, die wie aus dem Nichts aufgetaucht war. Sie schien aber ebenso friedlich zu sein wie die Gegend und sprach ihn an: „Sei willkommen, Menschenbruder, und erschrecke nicht, wenn du erfährst, wer ich bin." Der Mann hatte schon viel erlebt und daher keine Angst. Er fragte: „Und wer bist du?"

„Ich bin der Tod, aber du musst nicht glauben, dass du schon am Ende deines Lebens wärest. Auf deiner Reise warst du unvorsichtig, fast wäre es zu spät für dich gewesen, als ich dich holte. Nun bist du hier, um deinen Lebensring zu schließen." Den Ring schließen? Was konnte das bedeuten?

Der Tod sagte: „Du wirst herausfinden müssen, was dein Lebensring ist. Es wird nicht leicht für dich sein, da du dich immer nur für dich selbst interessiert und stets alle Gefährten gemieden hast. Aber ein Mensch kann ohne andere nicht wirklich menschlich sein, und dann findet er nicht einmal beim Tod Ruhe. Gehe durch dieses Land. Du wirst nicht allein sein; weise Wesen stehen dir zur Seite, auch mich kannst du rufen, wenn du Hilfe brauchst. Gehe einfach und suche; es kann dir nichts geschehen."

Der Tod schaute ihn freundlich und ein wenig zweifelnd an, wandte sich ab und war im nächsten Moment verschwunden.

Der Reisende ließ sich ratlos nieder. Auf so etwas war er nicht gefasst gewesen. Beim Gedanken, den Tod zu Hilfe zu rufen, graute ihm.

Aber allmählich glaubte er, dass, wie bisher meist in seinem Leben, alles gut gehen würde.

Neugierig machte er sich wieder auf den Weg, um herauszufinden, was es mit dem Lebensring auf sich hatte. Doch nirgends gab es einen Hinweis, wohin er sich wenden sollte, und er war froh, als er auf einem Baum einen alten, hässlichen Geier sitzen sah. Ein wenig enttäuscht war er, dass als erstes ein solches Tier seinen Weg kreuzte. Prompt fing der Vogel von seinem Baum herunter zu lästern an: „Ein verirrter Mensch, hier und ganz allein, das kann nur Zufall sein. Sucht ihr nicht immer Gesellschaft bei Euresgleichen, schön anzusehen, klug und edel? Was verschafft mir denn die Ehre?"

Der Mann antwortete etwas kleinlaut: „Du wirst schon wissen, Geiervogel, warum ich hier bin. Der Tod selbst hat mich geholt, damit ich meinen

Lebensring schließe. Du weißt mehr als ich und kannst mir helfen, meinen Weg durch dieses Suchland zu finden."

Erstaunt fragte der Geier: „Du hast deinen ersten Lebensring noch nicht geschlossen? So jung bist du nicht mehr, dass du derart gedankenlos sein kannst. Oder weißt du nicht, dass du sieben Ringe brauchst, damit du vom Tod aufgenommen werden kannst? Ein Menschenleben dauert nur ein paar Jahrzehnte, zu wenig, um Zeit zu verschwenden."

Fassungslos hatte der Mann zugehört, und er dachte daran, wie unstet sein Leben meist gewesen war. Dass ihm das einmal schaden würde, hatte er nicht geahnt.

Dem Vogel tat es fast Leid, dass er so hart gewesen war, und sagte: „Hab keine Angst, ich werde dir den Weg zu deinem ersten Ring zeigen."

Der Mann erinnerte sich, wie er früher über Menschen gelacht hatte, die von Anderen Hilfe annahmen. Er selbst wollte immer unabhängig sein, und Dankbarkeit war ihm fremd. Jetzt freute er sich, dass ihm ein alter, hässlicher Geier zur Seite stehen wollte. Diese Gedanken nahm er mit in den Schlaf, und in der Nacht setzte sich der Vogel zu ihm. In seine Träume hinein sprach er: „Weil du Hilfe von mir angenommen hast, der ich hässlich und arm bin, und mich nicht verachtet und vertrieben hast, konntest du den Ring schließen."

Am nächsten Morgen war der Geier verschwunden, und der Tod stand wieder vor dem Mann: „Der Geier hat mir alles erzählt. Jetzt ist es Zeit für dich. Kehre an den Ort zurück, vor dem du immer geflohen bist, sonst wirst du niemals Ruhe finden. Der Geier wird für dich da sein, denn du hast ihn dir selbst erschaffen."

Der Mann fragte: „Ich weiß nun, dass ich sieben Lebensringe brauche, aber nur einen habe ich jetzt. Der Vogel lästerte über mich und meinte, es sei höchste Zeit, die Ringe zu suchen. Kann ich nicht hier bleiben und weitersuchen?"

Der Tod lächelte. „Das muss der Geier dir erzählt haben, um dich zu erschrecken. Nein, keine Sorge, für dein jetziges Leben reicht ein Ring."

Er wandte sich zum Gehen, aber der Mann rief ihn zurück. Er hatte nicht verstanden, dass er selbst den Geier erschaffen haben sollte. Der Tod erklärte ihm, dass irgendwann im Leben unweigerlich die Gestalten auftauchten, die man sich immer vom Hals gehalten hatte.

Im Geier sähen viele die pure Hässlichkeit, auch Hochmut oder Gier, aber das wüsste der Mann sicher besser als er. Darum musste nun ausgerechnet dieses Wesen seinen Weg kreuzen, als er ganz bestimmt nicht damit rechnete. Daraufhin verschwand der Tod, und der Mann machte sich auf den Heimweg, wieder ohne zu wissen, wohin er sich wenden sollte. Plötzlich trat er aus dem Wald nahe seiner Heimatstadt, doch niemand schien ihn zu sehen oder zu erkennen, als er kurz darauf durch die Straßen ging. Das kam ihm seltsam vor. Als er aber seine Wohnung betrat, sah er jemanden auf seinem Bett liegen, und als er näher heranging, erkannte er, dass er selbst es war. Kein Wunder, dass ihn niemand bei seinem Weg durchs Dorf wahrgenommen hatte.

Er setzte sich neben den Toten und lachte. Die Gestalt auf seinem Bett sah alt und verbraucht aus; es war wirklich Zeit zu gehen gewesen.

Nach einer Weile erschien der Geier im Fenster, und der Mann sagte zu ihm: „Nun bin ich bereit." Der Vogel nickte: „Verstehst du, warum die Zeit so drängte? Dein Körper war fast schon gestorben, als dich der Tod in den Bergen fand. Dein Geist und deine Seele hingegen waren in all den Jahren kaum gewachsen und ohne Reife und Sinn. Deine Reise ins Suchland war ein großes Geschenk, da niemand weiß, was aus einem Menschen wird, den nicht einmal der Tod aufnehmen will."

„Du warst auch ein Geschenk", murmelte der Mann leise, aber da war der Vogel schon verschwunden, und kurz darauf war der früher so Rastlose in seinen letzten, stillen Schlaf gefallen.

Holzvogel

Auf einem hohen steinernen Sockel stand ein großer Vogel, der ganz aus Holz gemacht schien, aber trotzdem sehr lebendig aussah. Viele, die an ihm vorbeikamen, wollten wissen, wer das Kunstwerk geschaffen hatte, aber nirgends war etwas darüber zu erfahren. Die Einheimischen sagten, der Vogel sei schon immer da gewesen.

Unter den Bürgern lebte auch eine alte Frau, und als es Zeit für sie war zu sterben, rief sie ihre Enkelin zu sich, die sie von allen Menschen am liebsten hatte. Die Alte sprach zu ihr: „Ich werde nun bald tot sein, aber der große Vogel in unserem Ort ist nicht tot. Er sieht aus, als sei er aus Holz, aber man kann ihn zum Leben erwecken. Wenn ich nicht mehr da bin, geh zu ihm." Sie schwieg, und kurz darauf war sie gestorben.

Das Mädchen war ganz erschrocken und ratlos und lief zu seiner Mutter. Bald kamen die Verwandten und Freunde, um sich von der Verstorbenen zu verabschieden.

Lange Zeit dachte das Kind in seiner Trauer nicht mehr an die letzten Worte seiner Großmutter, bis es sich eines Tages auf den Weg zum Holzvogel machte. Der stand mächtig und stumm auf seinem Sockel, und das Mädchen wusste nicht, was es tun sollte.

Am nächsten Tag besuchte es das Grab seiner Großmutter. Voll Kummer saß es da und hob in Gedanken dieses und jenes vom Boden auf. Als es die Blüten und Zweige, Knospen und Blätter betrachtete, dachte es, dass der Vogel sich vielleicht freuen würde, wenn es ihn damit schmücken würde. Es lief wieder zu ihm, stellte sich aufrecht hin und sagte: „Großer Vogel, du stehst schon ziemlich lange hier, rührst dich nicht von der Stelle und gibst keinen Laut von dir. Ich weiß nicht, warum du das tust, aber ich glaube nicht, dass dir das großen Spaß macht. Deshalb habe ich dir ein paar Geschenke mitgebracht und will mich ein wenig mit dir unterhalten – wenn du nur möchtest."

Es kam sich sehr mutig, aber auch seltsam vor, als es das gesagt hatte. Dann blieb es ganz still stehen und wartete. Plötzlich war tief im Inneren des Vogels eine leise, krächzende Stimme zu hören: „Du bist der erste Mensch, der zu mir spricht, seit ich hier sitze. Nun ist meine Erlösung nicht mehr weit. Alle anderen Leute, die hierher kamen und über mich staunten, sagten nie ein einziges Wort zu mir. Ich war sehr einsam, aber das ist nun bald vorbei."

Das Kind hatte erstaunt zugehört, dann fragte es: „Was ist zu tun, damit du von deinem Sockel herunter kannst? Warum hat meine Großmutter nicht einfach gesagt, dass ich mit dir reden muss?"

Fast meinte es, ein Lächeln in dem Gesicht des Vogels zu sehen, als er antwortete: „Viele Fragen auf einmal. Gut, dass du so neugierig bist, sonst wärest du wohl nicht hergekommen. Vielleicht meinte deine Großmutter, ein bisschen verrückt zu sein, als sie zu glauben begann, ich könnte lebendig sein. Aber nun ist es spät; komme morgen wieder. Ich werde dir erzählen, wie sich alles zugetragen hat."

Das Mädchen machte sich auf den Heimweg. Es war höchste Zeit, denn sie war schon vermisst worden.

Das Kind meinte nur, es habe beim Spielen die Zeit vergessen und behielt das Erlebte für sich.

In der Nacht träumte es, dass der Vogel fliegen konnte und sich in die Lüfte erhob.

Am nächsten Tag ging es wieder zu ihm hin, und er freute sich darüber und begann zu erzählen: „Weißt du, deine Großmutter hatte als Kind auch mal einen Großvater. Das war dein Ururgroßvater, und der war vor langer Zeit ein kleiner Junge, vielleicht gerade so alt wie du jetzt, hatte aber leider nichts als Unfug im Kopf. Meistens waren es harmlose Streiche, die er ausheckte, aber irgendwann begann er, Adlerhorste zu plündern, die damals noch auf vielen Hausdächern zu finden waren. In einem der Nester lag das

Ei, in dem ich saß und darauf wartete, auszuschlüpfen. Meine Mutter aber verfügte über Zauberkräfte, was nicht selten bei unsereinem ist. Und so dachte sie sich, dass sie die Schale des Eis in Holz verwandeln würde und der Bub es dann nicht mitnehmen würde. Was sollte er damit anfangen, denn dieses Ei war viel zu groß, hart und schwer für ihn. Leider muss sich meine Mutter bei ihrem Zauber versehen haben, denn nachdem ich geschlüpft war und größer und älter wurde, verwandelte ich mich immer mehr in Holz. Bald konnte ich nur noch mühsam fliegen, und irgendwann landete ich mit letzter Kraft auf diesem Sockel hier und war dazu verdammt, darauf sitzen zu bleiben. Dein Ururgroßvater ahnte, dass es irgendetwas mit ihm und seinen Plündereien zu tun hatte, dass es einen solchen Holzvogel gab, obwohl er schon erwachsen war, als das Unglück mit mir geschah. Seine Familie wusste auch bald davon, aber keiner von ihnen kam jemals hierher."

Als der Adler alles erzählt hatte, wusste das Mädchen, warum es schon oft eine unangenehme Geheimnistuerei zuhause bemerkt hatte. Es wollte dem Vogel unbedingt helfen, und wieder fragte es, was es tun könnte.

Das Tier seufzte tief und krächzte: „Du musst mich verbrennen. Nur wenn das Holz vernichtet wird, kann ich leben."

Es war ein schrecklicher Gedanke, dass der Vogel in Flammen aufgehen sollte, was sicher wehtun würde. Außerdem hatte das Kind keine Ahnung, wie es ein so großes Feuer entfachen sollte. Nun würde es daheim von seiner Begegnung mit dem Holzvogel erzählen müssen, und wahrscheinlich würden die Leute denken, es spinne.

In der folgenden Nacht gab es ein mächtiges Gewitter. Es war das schlimmste Unwetter, das je in dieser Gegend getobt hatte. Vielleicht war es dennoch nur Zufall, dass ein riesiger Blitz geradezu in die große Holzstatue einschlug, die sofort in Flammen aufging. In diesem Moment stieß der Vogel einen lauten Freudenschrei aus, der weithin zu hören war. Die Menschen strömten aus ihren Häusern, um nachzusehen, was geschehen war. Auf dem Steinsockel züngelten noch die letzten Flammen, der Vogel aber war verschwunden. Die Leute dachten, das Feuer hätte den Lärm verursacht, und kehrten in ihre Häuser zurück. Das kleine Mädchen blieb noch eine Weile auf dem leeren Platz stehen. Als es einen großen Adler hoch oben in den Lüften seine Kreise ziehen sah, freute es sich sehr.

Es war bestimmt kein Zufall gewesen, dass gerade in dieser Nacht ein solches Gewitter getobt hatte und das Feuer ausgebrochen war, dachte es. Vielleicht hatte ein hilfreiches Wesen im Verborgenen den Gesprächen des Vogels mit dem Kind zugehört und ein kleines Wunder geschehen lassen.

Und seltsam: Obwohl das Kind zuhause kein Wort über die Begegnung mit dem Holzvogel erzählt hatte, verschwand die früher oft düstere Stimmung. Die Familie lebte zufrieden noch lange an dem Ort, an dem vor so vielen Jahren einer von ihnen durch seinen Übermut Unglück über sie gebracht hatte. Jetzt waren sie von dieser Last befreit.

Der Drache und sein Lebensfeuer

In einer großen Höhle mitten im Wald lebte ein Drache. Bei ihm brannte ein mächtiges Feuer, über das er immer wachte, da es niemals erlöschen durfte. Das jedenfalls erzählte er den anderen Tieren und dass es das Feuer des Lebens sei. Weil er ein richtiger Drache war und Feuer spucken konnte, hatte er auch keine Mühe, die Flammen immer neu zu entfachen. Wenn er auf Nahrungssuche ging, bat er manchmal seine Freunde, ob sie für ein Weilchen auf das Feuer achten würden. Die fühlten sich immer sehr geehrt und hatten großen Respekt vor dieser Aufgabe.

Nun war es nicht so, dass die Welt stehen geblieben wäre, hätte es das Feuer einmal nicht mehr gegeben. Das aber wusste nur der Drache, und da er ein wenig eingebildet war, behielt er es für sich. Und da alle anderen Tiere in seiner Höhle während des Winters Schutz und Wärme fanden, meinte er, sich ein wenig wichtig machen zu dürfen. Was es tatsächlich mit dem Feuer auf sich hatte, wusste er selbst nicht. Er meinte nur, gelehrt bekommen zu haben, dass es nicht erlöschen durfte. Das war lange her, und Drachen haben kein gutes Gedächtnis.

Ein bisschen faul war er auch, und einmal hatte er sich so lange nicht von der Stelle gerührt und nur manchmal in die Flammen geblasen, dass er ganz steif geworden war. Außerdem war er sehr hungrig, also wankte er mühsam aus seiner Höhle.

Als er sich in der warmen Sonne reckte und streckte, sah er einen fremden Drachen über sich umherfliegen, der suchend auf die Erde hinunterschaute. Er blies ein wenig Feuer, und bald hatte das fremde Tier ihn entdeckt und landete kurz darauf erschöpft vor der Höhle. Gleich wurde er zum Lebensfeuer geführt, damit er sich aufwärmte und wieder zu Kräften kam. Es dauerte sehr lange. Der Drache wachte besorgt viele Tage und Nächte bei seinem Gast, bis dieser endlich wieder die Augen öffnete und sich verwundert umschaute. Er hatte so lange geschlafen, dass er ganz vergessen hatte, wo er hingeraten war. Bald war er aber wieder munter und erzählte seinem Gastgeber und den anderen Tieren, dass auch er in seiner Höhle ein Lebensfeuer gehütet hatte. Der letzte Winter sei jedoch der längste und kälteste aller Zeiten gewesen. Er sei schon ziemlich alt und irgendwann hätten ihn seine Kräfte verlassen. Immer seltener konnte er die Flammen neu entfachen, bis sie eines Morgens fast am Erlöschen waren. Das sei das Schlimmste, das einem Drachen wie ihm geschehen könne, denn das Feuer lebe durch ihn und er lebe durch das Feuer. Deshalb habe er sich auf die Suche nach einem Lebensfeuer gemacht, aber die seien schwer zu finden. Hätte nicht gerade sein Freund hier draußen in der Sonne gelegen und ihm ein Zeichen gegeben, wäre es aus mit ihm gewesen.

Nun wussten die Tiere, dass es auch noch andere Drachen mit einem Lebensfeuer gab, aber das war nun nicht mehr wichtig. Sie freuten sich über die Rettung ihres Gastes. Als er ihnen erzählte, dass er viele Tage und Nächte geflogen war, bis er bei ihnen landete, staunten sie darüber, wie groß die Welt sein musste, in der sie lebten.

Als die beiden Drachen allein in der Höhle saßen, fragte der jüngere, was es denn mit dem Lebensfeuer wirklich auf sich habe. Der andere antwortete: „Weißt du denn nicht, dass du selbst ohne dieses Feuer nicht leben kannst? Ein Feuerdrache ohne seine Flamme ist so hilflos wie die Tiere, die im Winter keinen Schutz bei ihm finden können. Ach, es ist noch viel schlimmer, denn ohne dieses Feuer ist ein Drache wie du verloren. Je älter du wirst und je weniger Feuer du spucken kannst, umso wichtiger ist dein Höhlenfeuer, zu dem du immer wieder zurückkehren kannst. Warum das so ist, weiß ich auch nicht, aber es wird seinen Sinn haben. Wenn du es wünschst, dann ziehe jetzt in die Welt, solange du die Fähigkeit des Feuermachens hast. Ich selbst werde nicht mehr in meine Heimat zurückkehren, der Weg ist viel zu weit. Hier gefällt es mir, und ich werde die Flammen hüten, so lange du weg bist."

Der andere war begeistert. Als es Frühling wurde, nahm er Abschied von allen seinen Freunden und mit einem nie gekannten Gefühl der Freiheit erhob er sich in die Lüfte. Viele Tage und Nächte flog er umher, und wenn er rastete, machte er ein kleines Feuer, da er nicht wusste, ob er am nächsten Tag noch die Kraft dazu haben würde. Auf seiner langen Reise traf er nämlich niemals einen Feuerdrachen, der ihm hätte helfen können, wenn er in Not geriete. Sie schienen selten und schwer zu finden zu sein, und dem Drache ging auf, dass sie schon deshalb nicht für das Wohl der Welt zuständig sein konnten, wenn sich nie einer blicken ließ. Dafür erlebte er vieles andere auf seinen weiten Flügen.

Er reiste über Berge und Täler, über die Wolken und über die Meere. Er sah Tiere und Pflanzen, die er sich auch mit seiner allergrößten Phantasie nicht vorstellen konnte, und all das machte ihn froh.

Die Zeit verging, und irgendwann machte er sich auf den Rückweg zu seiner Höhle.

Er merkte, wie alt und müde er geworden war, und freute sich, als er endlich sein Zuhause unter sich liegen sah. Sein einstiger Gast, der andere Drache, empfing ihn mit großer Herzlichkeit. Auch er war nun uralt, aber als der Heimgekehrte sich für sein langes Ausbleiben entschuldigen wollte, winkte er ab: „Du hast mir zu einem viel längeren Leben verholfen, als ich es je hoffen konnte. Erst durfte ich bei dir ausruhen und an deinem Feuer neue Kraft sammeln, dann war es an mir, deine Flammen für dich zu hüten, bis du wiederkommst. Und nun werde ich auch noch wachen und warten, bis du dich ausgeruht hast, denn ich bin neugierig zu erfahren, was du alles erlebt und gesehen hast."

Daraufhin legte der andere sich ans Feuer und fiel in einen – für Menschen – endlosen Schlaf. Als er endlich wieder erwachte, feierten die Tiere des Waldes ein großes Fest. Sie wussten nun alle, dass nur die Drachen selbst ihr Feuer zum Leben brauchten und die Welt nicht untergehen würde, wenn sie erlöschten. Aber sie liebten die Drachen und waren dankbar, wenn sie in den kalten dunklen Wintern Wärme und Licht bei ihnen fanden. Das alles ist natürlich eine Ewigkeit her. Drachen gibt es schon lange nicht mehr, und das Leben ist für die Tiere des Waldes schwieriger geworden. Manche graben sich für den Winter selbst Höhlen und suchen darin Schutz vor Kälte und Schnee. Den meisten gelingt dies auch, aber ein Feuer, das von einem richtigen Drachen entfacht wurde, ist doch etwas völlig anderes.

Zur Autorin

Sabine Zercher wurde 1964 in Mosbach geboren. Seit ihrer Kindheit liebt sie Märchen. Später arbeitete sie in einem Verlag und beschäftigte sich auch mit psychologischer Märchendeutung. Das vorliegende Buch ist ihr erstes eigenes.

Hoffentlich gibt es eine Fortsetzung ...